국어 교과서 편집자가 쉽게 풀어 쓴

글다듬기의 기술

내가 하는 교정·교열

글쓴이
김혜원

21세기
여성 독립출판사
write yourself

이 책의 내용은 국립국어원의 표준국어대사전과 〈한글 맞춤법〉, 〈표준어 규정〉, 〈외래어 표기법〉을 바탕으로 하였습니다.

우리는 지금 친구끼리의 대화도 휴대폰 메시지로 주고받는 시대에 살고 있어요. SNS가 자기의 삶을 나타내 주기도 하고요. 그만큼 글쓰기는 우리에게 일상이 되었어요.

글쓰기는 사람들에게 자기를 보여 주는 방법이에요. 사람들에게 전하고 싶은 생각과 지식과 감정을 표현하는 것이 바로 글쓰기예요.
그런데 글을 쓸 때나 쓰고 난 후 자기 글을 어떻게 다듬어야 할지 막막하다는 분이 많아요. 이 책은 그런 분들을 위해서 만들었어요.

나는 국어 지식이 없는데 내 글을 다듬을 수 있을까?
내가 쓴 문장이 잘 읽히지 않고 어딘가 어색한데 어떻게 고쳐야 할지 모르겠어.
내가 쓴 표현이 맞는 건지 틀린 건지 어떻게 확인해야 할까?

이러한 생각을 해 본 분들이 글다듬기의 기술을 최대한 쉽게 이해하고 활용할 수 있도록 쓴 책이에요.

단어와 문장은 다듬어 쓸수록 매끄럽고 단정해져요. 여러분의 생각을 품위 있는 글로 반짝반짝 빛나게 해 드리고 싶어요.

차례

1. 문장 표현을 확인하세요. 10

2. 띄어쓰기를 확인하세요. 54

☀

1. 문장 표현을 확인하세요.

1. 문장 표현을 확인하세요.

    글을 쓰기 어려워하는 사람들에게 "말하듯이 글을 쓰세요."라는 조언을 할 때가 있어요. 이 말은 사실 반은 맞고 반은 틀린 이야기예요. 이 말의 첫 번째 의미는 '부담 없이' 쓰라는 뜻일 거예요. 우리가 평소에 사진을 찍을 때도 긴장하고 표정을 굳히면 자연스러운 사진이 나오지 않죠. 글을 쓸 때도 이와 마찬가지예요. 글을 써야 한다는 부담을 가지고 쓰려 하면 내용이 잘 생각나지 않을 때가 많아요. 그래서 이럴 때 '말하듯이 쓰라'는 것은 생각의 흐름대로 막힘없이 글을 쓰게 하려는 조언이에요. 실제로 글쓰기를 지나치게 힘들어하는 사람은 녹음기를 틀어 놓고 자기가 말한 내용을 녹음한 다음에 글로 옮겨 쓰는 방법을 택하기도 한답니다.

그런데 이렇게 글의 내용을 마련한 다음에 실제로 글로 쓸 때는 말하는 것과는 다른 태도가 필요해요. 말과 글은 전달 방법에 차이가 있기 때문이에요. 말로 내용을 전달할 때 우리는 표정, 몸동작, 목소리의 어조나 강약 등 다양한 교감 요소를 함께 사용해요. 그래서 '내용'에 한하는 요소는 일부에 지나지 않을 때도 있어요. 하지만 글로 전달할 때는 이러한 외부적인 요소를 모두 제외한 채 오로지 문자로만 내용을 전달하게 돼요. 그래서 글은 말과 다르게 섬세하고 정확해야 해요. 최대한 상세하면서도 명확하게 표현해야 독자들이 그 내용을 제대로 전달받을 수 있어요.

그렇다면 글을 어떻게 써야 상대방이 쉽게 이해할 수 있을까요? 글을 쓰는 하나하나의 단위는 바로 문장이에요. 생각이나 감정을 표현할 때 완결된 내용을 나타내는 단위를 문장이라고 한답니다. 그러니 문장을 잘 표현하는 것이 글을 잘 표현하는 바탕이 되는 거예요.

🖊 뒤따르는 말을 적절하게 맞추어 주세요.

부엉이는 부엉 하고 울어요. ○
부엉이가 뻐꾹 하고 울어요. ?

글은 하나하나의 문장들이 모여서 이루어져요. 그럼 문장은 무엇으로 이루어질까요?

문장을 이루는 것은 '문장 성분'이라고 해요. 문장을 각 부분으로 나누었을 때 문장을 구성하는 단위를 문장 성분이라고 부르는 거예요. 문장 성분에는 주어, 서술어, 목적어, 보어, 관형어, 부사어, 독립어가 있어요. 이들 중 주어와 서술어는 꼭 필요한 문장 성분이지만, 다른 성분들은 때에 따라 있어도 되고, 없어도 되는 것들이에요.

그런데 이 문장 성분들이 자연스럽게 이어져야 하는데 그렇지 않을 때는 문장이 어색해져 버려요. 여기서는 이러한 문장 성분의 호응에 관해 살펴볼 거예요.

'호응'이 뭐냐고요? 호응은 부름에 응답한다는 뜻이에요. 쉽게 말해 '결코' 다음에는 '아니다'와 같은 부정의 뜻을 지닌 말이, '만약' 다음에는 '~라면'과 같은 추측의 뜻을 지닌 말이 오는 현상을 가리키지요. 만약 뻐꾸기의 울음소리를 '부엉'이라고 쓰고, 부엉이의 울음소리를 '뻐꾹'이라고 쓰면 읽는 사람이 이상하게 느끼겠지요? 이처럼 글을 썼는데 매끄럽게 읽히지 않고 어딘가 모르게 이상하다면 가장 먼저 살펴보아야 할 것이 문장의 호응이에요.

○ 주어와 서술어의 호응

우리말 문장에서 보통 주어는 앞에, 서술어는 뒤에 와요. 문장이 짧을 때는 별로 문제가 안 되지만 문장이 길어질수록 주어와 서술어를 찾기는 점점 힘들어지지요. 다음 문장은 서술어를 설명하는 문장이에요. 이 문장에서 주어와 서술어를 한번 찾아보세요.

서술어는 "소미가 웃는다."에서 '웃는다', "소미는 예쁘다."에서 '예쁘다', "소미는 학생이다."에서 '학생이다'와 같이 주로 동사, 형용사, 서술격 조사의 종결형으로 나타난다.

이 문장에서 주어는 '서술어는'이고, 서술어는 '나타난다'예요. 이처럼 주어와 서술어는 문장의 앞과 뒤에 위치하기 때문에 거리가 멀다 보니 호응이 잘 이루어지지 않는 경우가 많아요.

다음 문장을 한번 살펴볼까요?

　　좋은 친구가 되는 방법은 상대방을 믿어 주어야 한다.

이 문장에서 주어는 '방법은'이에요. 그런데 믿어 주는 것의 주체는 '좋은 친구'이지 '방법'이 아니에요. 앞뒤의 호응이 맞지 않아 어색해진 이 문장은 아래와 같이 바꾸면 자연스러워져요.

　　좋은 친구가 되려면 상대방을 믿어 주어야 한다. (주어를 바꿈)
　　좋은 친구가 되는 방법은 상대방을 믿어 주는 것이다. (서술어를 바꿈)

주어와 서술어가 서로 연결되지 않을 때는 이처럼 주어를 서술어에 맞게 바꾸어 주거나, 서술어를 주어에 맞게 바꾸어 줄 수 있어요.

한 번 더 연습해 볼까요?

　　이 엔진의 장점은 연료 소비가 적다.

이 문장도 주어와 서술어가 바르게 연결되지 않아 어색해요. 이 문장은 아래와 같이 바꿀 수 있어요.

> 이 엔진은 연료 소비가 적은 것이 장점이다.
> 이 엔진의 장점은 연료 소비가 적다는 것이다.

주어에 호응하는 서술어가 없을 때는 보통 이런 방식으로 문장을 바로잡을 수 있어요. 주어와 서술어의 호응을 확인할 때는 문장에서 주어와 서술어만 따로 떼어 놓고 제대로 연결되는지 확인해 보는 것이 확실한 방법이에요.

주어와 서술어의 연결이 어긋나는 또 다른 사례는 두 문장 이상이 이어졌을 때 자주 발생해요. 문장의 주어가 두 개 이상이라면 각각에 맞는 서술어를 써 주어야 하는데, 이것을 놓치면 다음과 같은 문장이 되지요.

> 내일은 비와 바람이 분다고 한다.

이 문장에서 '바람'이 부는 것은 맞지만, '비'는 부는 것이 아니죠? 따라서 '비'에 맞는 서술어를 써 주어야 해요.

내일은 비가 오고 바람이 분다고 한다.

이렇게 바꾸어 주니 주어와 서술어가 서로 잘 맞는 문장이 되었네요. 문장을 쓰다 보면 서술어를 생략해야 하는 경우도 있어요. "꽃밭에는 나비와 잠자리가 날아다닌다."처럼 서술어를 공유해서 쓸 때예요. 하나의 문장에서 주어가 둘 이상 나올 때는 각각의 주어들이 서술어와 호응하는지 확인해 보세요. 만약 호응이 제대로 이루어지지 않는다면 적절한 서술어를 넣어 주거나 문장을 나누어 주어야 해요.

주어와 서술어의 호응이 잘 이루어지도록 하는 가장 쉬운 방법은 문장을 간결하게 쓰는 거예요. 주어와 서술어의 간격이 벌어질수록, 주어가 많아질수록, 호응을 맞추기가 점점 더 어려워진다는 점을 기억해 두세요.

○ 목적어와 서술어의 호응

목적어는 문장에서 동작의 대상이 되는 말을 가리켜요. 예를 들어 "나는 밥을 먹는다."라는 문장에서는 먹는 행동의 대상이 되는 말인 '밥을'이 목적어예요. 목적어와 서술어의 호응은 주로 두 가지 사례에서 오류가 나타나요.

첫째, 목적어와 서술어의 의미가 서로 맞지 않을 때예요.

순서는 학교에서 수학 강의를 가르친다.

이 문장에서 '강의를'이라는 목적어와 '가르친다'라는 서술어는 자연스럽게 호응이 되지 않아요. 그래서 다음과 같이 고쳐 주어야 해요.

순서는 학교에서 수학 강의를 한다. (서술어를 바꿈)
순서는 학교에서 수학을 가르친다. (목적어를 바꿈)

이렇게 목적어에 맞게 서술어를 바꾸거나, 서술어에 맞게 목적어를 바꾸는 방식으로 문장을 바르게 고칠 수 있어요.

둘째, 서술어에 맞는 목적어가 없거나, 목적어에 맞는 서술어가 없을 때예요. 이럴 때는 호응을 이루도록 목적어나 서술어를 넣어 주어야 해요.

목표를 이루기 위해서는 극복을 해야 한다.

얼핏 보면 '극복을'이 목적어인 것 같지만, 이 문장은 '고생이나 어려움을 극복해야 한다.'라는 뜻으로 쓰인 문장이기 때문에 다음과 같이 고치는 것이 자연스러워요.

목표를 이루기 위해서는 <u>어려움을 극복해야 한다.</u>

적절한 목적어를 넣어 주어서, 전하고 싶은 말이 분명해진 문장이 되었어요.

다음 문장은 어떤 부분에 오류가 있을까요?

윤지는 노래와 춤을 추는 것에 재능이 있다.

이 문장에서 춤은 '추는' 것이지만 노래는 '추는' 것이 아니죠? 따라서 정확하게 호응을 이루는 서술어를 넣어 주어야 해요.

윤지는 <u>노래를 부르고</u> 춤을 추는 것에 재능이 있다.

'노래를'과 호응을 이루는 서술어 '부르고'를 넣어 주니 문장이 자연스러워졌어요. 이처럼 한 문장에 목적어가 두 개 이상 나올 때는 각각의 목적어에 맞는 서술어가 제시되었는지 살펴야 해요.

문장의 의미 관계를 따져서 딱 맞는 목적어나 서술어를 넣어 주려면 평소에 문장을 꼼꼼하게 읽는 습관을 들이는 것이 좋아요. 문장을 읽으며 분석하는 습관은 글쓰기 능력을 키워 나가는 기본적인 바탕이 된답니다.

○ 부사어와 서술어의 호응

문장에서 부사어는 주로 서술어를 꾸며 주는 역할을 해요. 부사어 중에는 한정된 상황에서 쓰이는 것들이 있어요. 그래서 특정한 부사어는 특정한 성격의 서술어와 짝을 이루어야 하는데, 이것이 어긋나면 어색한 문장이 돼요.

다음 두 문장을 살펴볼까요?

그는 <u>결코</u> 좋은 친구야. (X)
그는 <u>결코</u> 좋은 친구가 아니야. (O)

결코는 '아니다', '없다', '못하다' 따위의 부정어와 함께 쓰이는 부사예요. 따라서 '그는 결코 좋은 친구가 아니야.'가 바른 문장이에요.

'별로'나 '여간', '차마', '도저히'도 마찬가지예요.

나는 별로 할 말이 없다.
요리 솜씨가 여간 좋은 것이 아니다.
울화가 치밀어 차마 말을 잇지 못하다.
눈으로 보기 전에는 도저히 믿을 수가 없다.

'별로', '여간', '차마', '도저히' 역시 '아니다', '없다', '못하다'처럼 부정적인 뜻의 문장에 쓰여야 자연스러운 부사들이에요. 특정한 성격의 서술어와 짝을 이루는 부사어를 좀 더 살펴볼까요?

그는 마치 천사 같다.
만약 내일도 아프면 병원에 가 보자.
만일 거짓말을 했다면 용서 안 할 거야.
내가 비록 키는 작지만 달리기는 잘한다.
모름지기 학생은 공부를 열심히 해야 한다.
설마 너까지 나를 의심하는 것은 아니겠지?

'마치'는 '처럼', '듯(이)'이 붙은 말이나 '같다', '양하다'와 함께 쓰여요. '만약'과 '만일'은 추측하는 말과 함께 쓰이지요.

'비록'은 '-ㄹ지라도', '-지마는' 같은 말과 함께 쓰여요. '모름지기'는 마땅히 그리해야 한다는 뜻으로 쓰이고, '설마'는 부정적인 추측을 강조할 때 쓰여요.

이와 비슷하게 '너무'도 원래는 부정적인 표현으로 쓰는 부사였어요. 그런데 지금은 긍정적인 표현으로도 쓸 수 있게 되었어요. "너무 좋아."가 원래는 틀린 표현이었지만 지금은 바른 표현이 된 거예요. 그렇다면 혹시 다른 부사도 쓰임이 바뀔까 걱정되나요? 하지만 언어는 그렇게 쉽게 바뀌지 않는답니다. 다만, 언어는 고정된 것이 아니기 때문에 단어의 쓰임도 세월의 흐름에 따라 바뀔 수 있다는 것 정도만 알아 두세요.

○ 구와 절의 호응(문장의 접속)

글을 쓸 때 되도록 문장을 짧게 쓰라는 조언을 많이 들어 보셨을 거예요. 그 이유는 문장이나 구절을 이어 쓸 때 문법적인 실수를 많이 하기 때문이에요.

앞과 뒤의 내용을 같은 자격으로 이을 때는 내용뿐 아니라 형식도 비슷해야 해요. 그런데 이를 놓치는 사례가 많이 나타나요. 다음 문장을 보면서 연결되는 내용이 같은 자격인지 판단해 보세요.

제 취미는 책 읽기, 영화 감상, 자전거예요.

　'책 읽기, 영화 감상, 자전거'가 같은 자격으로 이어지고 있지 않죠? '영화 감상'과 '자전거'를 '책 읽기'와 같은 자격으로 이어 주려면 형식을 맞춰서 통일해야 해요.

제 취미는 책 읽기, 영화 감상하기, 자전거 타기예요.

　똑같이 '-기'의 형식으로 나열하여 문장 구조가 자연스러워졌어요. 또 다른 사례를 살펴볼까요?

꾸준한 운동과 영양 섭취를 골고루 해야 건강에 좋다.

　이 문장에서도 '꾸준한 운동'과 '영양 섭취를 골고루 해야'는 형식이 서로 달라요. 그러므로 오류가 없게 하려면 '꾸준한 운동'을 '영양 섭취를 골고루 하다'와 같은 형식으로 바꾸어 주어야 해요.

운동을 꾸준히 하고 영양 섭취를 골고루 해야 건강에 좋다.

　같은 자격으로 나열되는 내용을 똑같이 '목적어+부사어+서술어'

형식으로 바꾸어 주었어요. 이처럼 둘 이상의 의미 단위를 나열할 때는 구조를 같게 해야 문장이 어색해지지 않아요. 이와 비슷하게, 비교하거나 대조하는 내용을 이을 때도 구조를 맞추어 주어야 해요.

사교성이 있는 사람은 새로운 사회에 적응을 잘하지만 사교적이지 못한 사람은 적응력이 낮다.

'사교성이 있다'라는 말과 대조할 때는 '사교성이 없다'라고 써야 읽는 사람이 이해하기가 쉬워요. 또 '적응을 잘하다'라는 말과 대조할 때는 '적응을 못하다'라고 써야 해요.

사교성이 있는 사람은 새로운 사회에 적응을 잘하지만 사교성이 없는 사람은 적응을 잘 못한다.
사교적인 사람은 새로운 사회에 대한 적응력이 높지만 사교적이지 못한 사람은 적응력이 낮다.

두 번째 문장은 '사교적이다'와 '사교적이지 못하다', '적응력이 높다'와 '적응력이 낮다'로 의미 단위의 형식을 맞추어 주었어요.

내용을 나열하거나 비교, 대조할 때 앞뒤 구절을 같은 자격으로 잇는다면 구조도 같아야 해요. 이렇게 구절의 호응이 잘 이루어지는 문장은 쉽게 읽히고, 의미도 분명하게 드러나요. 문장을 짜임새 있게 쓰려면 글을 쓴 다음 꼼꼼히 살펴보고, 문장 구조를 논리적으로 파악하는 연습을 하는 것이 좋아요.

✏️ 지나치게 생략하면 이해하기 힘들어요.

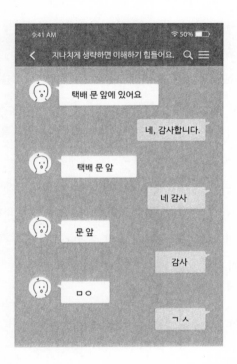

일상생활에서 친근한 사람들과 대화를 나눌 때는 문장의 일부분을 생략하는 경우가 많아요. 예를 들어 "내가 줬어."라는 말이 대화에서는 자연스러울 수도 있어요. 이야기를 나누는 사람들이 공유하는 상황이 있기 때문이에요. 그런데 "내가 주었다."라는 문장을 글로만 접하는 사람은 이게 무슨 뜻인지 이해하기 어려울 거예요. '누구한테 뭐를 줬다는 거지?' 하고 궁금하게 여기겠죠. 이 문장은 "내가 '백설 공주에게' '사과를' 주었다."와 같이 목적어와 부사어를 넣어야 완전해져요. '주다'라는 서술어는 목적어와 부사어를 모두 밝혀야 하는 서술어이기 때문이에요.

앞에서 문장 성분은 문장을 구성하는 단위라고 말씀드렸었죠? 문장 성분은 앞뒤 내용을 통해서 의미를 정확하게 알 수 있는 범위 안에서만 생략할 수 있어요. 꼭 들어가야 하는 주어나 목적어, 부사어 등을 생략했을 때는 문장의 의미를 제대로 파악할 수 없게 된답니다. 글을 쓰고 나서 문장의 뜻이 잘 이해되지 않거나 매끄럽게 읽히지 않을 때 꼭 살펴보아야 할 것이 필요한 정보의 누락이에요.

다음 문장을 보고 꼭 들어가야 할 주어나 목적어, 부사어가 빠지지 않았는지 점검해 보세요.

공사가 언제부터 시작되고, 언제 개통될지 불투명하다.

이 문장을 잘 살펴보면 쉼표 앞부분과 쉼표 뒷부분의 주어가 달라요. 개통되는 것은 '공사'가 아니기 때문이지요. 앞뒤 구절의 주어가 같지 않은데 주어를 생략해 버리면 이처럼 뜻이 불분명해져요.

공사가 언제부터 시작되고, 도로가 언제 개통될지 불투명하다.

이렇게 서술어 '개통되다'의 주어를 넣으면 문법적으로 바른 문장으로 고칠 수 있어요. 물론 이때는 글의 내용에 맞게 '도로가/다리가/철로가……' 등의 생략된 주어를 넣으면 돼요. 다음 문장도 한번 살펴볼까요?

인간은 자연에 적응하기도 하고, 이용하기도 하면서 살아간다.

'이용하다'는 목적어를 필요로 하는 동사예요. 이런 동사를 타동사라고 불러요. 동작의 대상을 밝혀 주어야 의미가 완전해지는 동사이지요.

인간은 자연에 적응하기도 하고, 자연을 이용하기도 하면서 살아간다.

타동사는 동작의 대상을 필요로 하는 동사이기 때문에 이렇게 목적어를 넣어 주어야 의미를 분명하게 전달할 수 있어요. 그럼 다음 문장에서 누락된 정보를 한번 찾아볼까요?

이 공식을 알아 두면 적용할 수 있어.

이 문장에서 '적용하다'는 목적어와 함께 부사어도 필요로 하는 동사예요. 특정한 단어가 어떤 문장 성분을 필요로 하는지 떠올리기가 힘들면 표준국어대사전을 찾아보세요. 사전에서 이것을 확인할 수 있거든요. 표준국어대사전에서 '적용하다'를 찾으면 다음과 같이 나와요.

> 「동사」
> 【…을 …에/에게】
> 알맞게 이용하거나 맞추어 쓰다.

여기서 【…을 …에/에게】가 무슨 뜻일지 짐작이 가시나요? 이 동사가 '…을'에 해당하는 문장 성분과 '…에/에게'에 해당하는 문장 성분을 필요로 한다는 뜻이에요. 즉 '적용하다'는 '…을'에 해당하는 목적어와 '…에/에게'에 해당하는 부사어를 필요로 한다는 거예요. 이에 맞추어 '적용하다'에 어울리는 목적어와 부사어를 넣어 볼까요?

이 공식을 알아 두면 <u>문제에(문제를 풀 때)</u> 적용할 수 있어.

앞 구절에 '이 공식을'이라는 목적어가 나와 있는데 이는 '적용할 수 있다'의 목적어이기도 해서 이어지는 구절에서는 목적어를 생략했어요. 하지만 부사어는 들어가야 하기 때문에 '문제에'를 넣어서 문장의 뜻을 분명하게 해 주었어요.

이처럼 문장에 꼭 들어가야 할 성분이 빠지면 문법적인 구조가 어긋나 버려요. 당연히 문장의 의미를 정확하게 드러낼 수도 없게 되지요. 그래서 글을 쓸 때는 가능한 한 필요한 정보들을 정확하게 제시해 주어야 해요. 혹시 문법적으로 문제가 없더라도 지나친 생략은 하지 않는 것이 좋아요. 읽는 사람이 문장의 의도를 정확하게 알게 하는 것이 글을 쓰는 사람의 책임이자 배려이기 때문이지요.

✏️ 필요 없는 표현은 지워 주세요.

글쎄, 오늘 학교에 갔는데, 글쎄 친구가 하는 말이, 글쎄...

아니 세상에, 아니 그게 어떻게 된 일이야?

　말을 할 때 습관처럼 사용하는 표현이 있나요? 글을 쓸 때도 습관처럼 사용하는 표현이 나타날 수 있어요. 쓸데없이 덧붙은 표현이 반복되면 문장의 의미가 불분명해질 뿐만 아니라 글이 전체적으로 흐트러져 보여요. 그래서 자기가 쓴 글을 점검할 때 습관처럼 사용하는 표현이 없는지 살펴보는 것은 정말 중요해요. 의미가 중복된 표현이나 군더더기에 해당하는 부분을 덜어내면 문장이 간결해지면서 의미가 뚜렷해지기 때문이지요.

다음 문장은 단어의 뜻을 제대로 파악하지 않고, 의미가 겹치는 말을 쓴 사례에 해당해요.

이런 일이 <u>다시 재발하지</u> 않게 조심하자.
→ 이런 일이 다시 일어나지 않게 조심하자./이런 일이 재발하지 않게 조심하자.

'재발(再發)'은 '다시 발생함', '다시 일어남'이라는 뜻이에요. '다시'라는 뜻이 포함되어 있기 때문에 '다시 재발하다'는 부적절한 표현이에요. 이럴 때는 중복된 표현을 지워서 올바른 문장으로 고칠 수 있어요.

<u>가까운 근방에</u> 공원이 있다.
→ 가까운 곳에 공원이 있다./근방에 공원이 있다.

이 문장에서도 '근방'이라는 말에는 '가까운'이라는 뜻이 포함되어 있기 때문에 중복된 표현을 지웠어요.
이렇게 뜻이 겹치는 말은 한자어와 함께 사용하는 말에서 많이 나타나요.

그것은 제 오랜 숙원입니다.

⟶ 그것은 제 오랜 바람입니다./그것은 제 숙원입니다.

자리에 착석해 주시기 바랍니다.

⟶ 자리에 앉아 주시기 바랍니다./착석해 주시기 바랍니다.

도로에 가로등을 새로 신설하였다.

⟶ 도로에 가로등을 새로 설치하였다./도로에 가로등을 신설하였다.

따라서 한자어는 그 뜻을 확인하고, 중복된 표현을 덧붙여 쓰지 않도록 주의해야 해요. 문장을 고칠 때는 되도록 우리말로 바꾸어 주는 것이 좋겠죠? 한자어의 뜻을 누구나 잘 알고 있다면 한자어와 의미가 겹치는 말을 덧붙여 쓰는 실수를 하는 사람도 없을 거예요. 그러니까 읽는 사람을 배려해서 우리말로 바꾸어 주는 것이 바람직해요.

글을 쓸 때 군더더기에 해당하는 말을 습관처럼 덧붙이는 경우도 많아요. 이런 말들은 문장을 늘어지게 하거나 의미를 흐릿하게 만들어요.

꾸며 주는 말에 습관처럼 붙는 '-적'은 군더더기 표현의 하나예요. 아예 빼 버리거나 훨씬 자연스러운 표현으로 바꿀 수 있어요.

공통적 과제 ⟶ 공통 과제

기초적인 조사 ⟶ 기초 조사

헌신적 태도 ⟶ 헌신하는 태도

안정적인 직업 ⟶ 안정된 직업

직접적으로 이야기하다. ⟶ 직접 이야기하다.

'대하여', '통하여', '위하여' 등도 굳이 쓸 필요가 없는 군더더기 표현일 때가 많아요. 좀 더 자연스러운 우리말 표현으로 바꾸어 주는 것이 좋아요.

이 문제에 대하여 논의해 보자.

⟶ 이 문제를 논의해 보자.

이 방법을 통하여 해결해 보세요.

⟶ 이 방법으로 해결해 보세요.

우리는 동쪽을 향하여 걸어갔다.

⟶ 우리는 동쪽으로 걸어갔다.

서로의 이해를 돕기 위하여 자주 대화해야 한다.

⟶ 서로 이해하려면 자주 대화해야 한다.

괜한 말로 말끝을 늘이는 것도 군더더기 표현에 해당해요. 분명한
말로 끝맺어야 문장이 간결해진답니다.

사고의 원인을 확인 중에 있다.

⟶ 사고의 원인을 확인 중이다.

집값이 계속 오르는 상황에 있다.

⟶ 집값이 계속 오르고 있다.

그는 좋은 선생님이라고 할 수 있다.

⟶ 그는 좋은 선생님이다.

이렇게 와 주시니 기쁘게 생각합니다.

⟶ 이렇게 와 주시니 기쁩니다.

네가 행복하게 지냈으면 하는 바람이다.

⟶ 네가 행복하게 지내기 바란다.

매운 음식이 인기를 끌고 있음을 알 수 있다.

⟶ 매운 음식이 인기를 끌고 있다.

우리 몸은 호르몬의 영향을 받지 않을 수가 없다.

⟶ 우리 몸은 호르몬의 영향을 받는다.

우리 사회는 바람직한 방향으로 나아가고 있다고 할 것이다.

⟶ 우리 사회는 바람직한 방향으로 나아가고 있다.

자기가 쓴 글을 펼쳐 놓고 서술어만 한 번씩 쭉 확인해 보세요. 그리고 '~에 있다', '~수 있다', '~것이다' 같은 표현들이 반복해서 나타나지 않는지 찾아보세요. 이런 표현들은 꼭 필요할 때만 쓰고, 군더더기 표현에 해당하는 것들을 걷어 내면 더욱 단정하고 품위 있는 글로 다듬을 수 있어요.

군더더기 표현 중에는 복수 표현인 '-들'도 있어요. 우리말에서는 복수 표현을 엄격하게 구분하지 않기 때문에 영어처럼 명사마다 복수 표현을 넣으면 어색한 문장이 돼요.

부모들은 자식들이 잘되기를 바란다.

⟶ 부모는 자식이 잘되기를 바란다.

그 수족관에는 상어들과 가오리들이 있다.

⟶ 그 수족관에는 상어와 가오리가 있다.

다음과 같은 사례에서도 '-들'을 빼는 게 더 자연스러워요.

이 소설은 많은 생각들이 떠오르게 한다.

⟶ 이 소설은 많은 생각이 떠오르게 한다.

장터에 여러 사람들이 모였다.

→ 장터에 여러 사람이 모였다.

여기서는 왜 '-들'을 넣는 것이 어색할까요? '많은'과 '여러'에 복수의 뜻이 있어서 '-들'까지 추가로 쓸 필요가 없기 때문이에요.

글을 쓰다 보면 한 문장 안에서 같은 단어를 중복해서 쓸 때가 있어요. 이럴 때는 하나를 생략하거나 다른 표현으로 바꾸어 주는 것이 좋아요. 굳이 강조할 필요가 없는데도 같은 단어를 반복하면 읽는 사람이 답답하게 느낄 수 있어요. 또 깊은 생각을 거쳐 나온 문장으로 보이지도 않는답니다.

그 사람은 성실한 태도를 지닌 사람이다.
→ 그 사람은 성실한 태도를 지녔다.
어렵게 성공한 우주선 발사를 성공적으로 마무리하였다.
→ 어렵게 이루어 낸 우주선 발사를 성공적으로 마무리하였다.

첫 번째 문장에서는 '사람'이라는 단어가 두 번 나와요. 그래서 중복된 말을 지우고 간결하게 다듬어 주었어요. 두 번째 문장에서는 '성공'이라는 단어가 두 번 나와요. 이 문장은 구조상 단어 하나를 완전히 생략하기 어려우므로 다른 표현으로 바꾸어 주었어요. 이럴 때 적당한 표현이 떠오르지 않는다면 사전을 활용해 보세요. '성공하다'의 뜻은 '목적하는 바를 이루다.'이기 때문에 '이루다'라는 말로 바꾸어 쓸 수 있어요. 이런 식으로 중복된 단어들만 다듬어 주어도 문장이 더 깔끔하고 매끄러워져요.

그런데 똑같은 단어가 보인다고 해서 무조건 삭제해서는 안 된다는 것도 알아 두셔야 해요. 의미 전달에 문제가 없거나 문장 구조가 흐트러지지 않을 때만 생략할 수 있답니다. 경우에 따라서는 단어를 일부러 반복해서 의미를 강조하는 문장을 만들 수도 있어요.

나는 사람이니까, 지켜야 할 도리를 아는 사람이니까 이 길을 가려는 거야.

문장의 의도는 쓰는 사람이 가장 잘 알게 마련이에요. 자기가 전달하려는 의미가 무엇인지 곰곰이 생각하면서 문장의 길이와 강약을 적절하게 조절하는 연습을 해 보세요.

사람이 생각을 무한정 이어 나갈 수 있듯이, 생각을 표현한 문장도 무한정 만들어 낼 수 있어요. 생각의 수만큼 다양한 문장이 존재할 수 있는 거죠. 그래서 몇 가지 공식만으로 모든 문장을 획일적으로 고치기는 어려워요. 다만 불필요한 내용을 덧붙인 문장보다는 필요한 내용만 다듬어 쓴 문장이 더 호소력 있기 때문에 간결한 문장이 좋다고 말하는 거예요. 읽는 사람의 입장에서 어떻게 받아들일지 고민하면서 문장을 다듬어 나가면, 점점 더 유려하게 자기 생각을 표현할 수 있을 거예요.

✏️ 장황한 표현은 간단하게!

    일상에서 읽기와 쓰기가 이루어지는 공간은 인터넷을 바탕으로 할 때가 많아요. 저도 스마트폰으로 새로운 소식을 확인하고, SNS나 인터넷 게시판에서 사람들과 의견 교환을 한답니다. 이렇게 인터넷으로 글을 읽고 쓰는 일이 일상화되면서 간결한 문장으로 글을 써야 할 필요성이 더 커지고 있어요. 빠른 시간 안에 이해되는 글, 스마트폰 화면으로 봐도 부담이 없는 글을 쓰려면 간결한 문장이 필수적이기 때문이죠.

    간결한 문장이란 군더더기가 없고 표현하려는 내용이 명확하게 드러나는 문장을 말해요. 글을 쓸 때 의식 없이 생각나는 대로 쓰다 보면 문장이 길어지기가 쉬워요. 그런데 문장이 지나치게 길어지면 문법에 맞지 않는 문장, 즉 비문이 되는 경우가 많아요. 또 독자들이 글의 의미를 정확하게 이해하기가 어려워지지요. 그래서 문장을 간결하게 정리하여 의미 전달이 잘 이루어지도록 해야 해요. 이럴 때는 문장을 짧게 해 주는 것 외에도 호응을 잘 맞추어 주고, 불필요한 부분은 덜어 내고, 중복된 부분은 삭제하는 등의 방법을 활용할 수 있어요.

연착할지도 모른다고 했던 기차가 정시에 온다고 했지만 기쁨도 잠시, 표를 잘못 끊은 것을 알게 되어 부랴부랴 표를 취소하고 새로 끊어 오는 바람에 기차 출발 시간에 늦을 뻔했으나 겨우 늦지 않게 기차에 탔다.

이와 같이 문장이 너무 길어 내용이 자연스럽게 이어지지 않거나, 의미를 파악하기 어려운 문장은 둘 이상의 문장으로 나누는 것이 좋아요.

연착할지도 모른다고 했던 기차가 정시에 온다고 했다. 하지만 기쁨도 잠시, 표를 잘못 끊은 것을 알게 되었다. 부랴부랴 표를 취소

하고 새로 끊은 다음 늦지 않게 기차에 탔다.

내용의 흐름에 따라 문장을 나누고, 간결하게 정리해 주었어요. 이처럼 문장을 나눌 때는 필요에 따라 접속 부사(그러나, 그런데, 하지만 등)를 이용하는 것도 좋은 방법이에요.

저는 새롭게 도전하는 것을 즐기는 성격으로 자전거 국내 여행, 호주 영어 연수, 드럼 등 다양한 경험을 쌓는 것을 게을리하지 않음으로써 맡은 일을 즐겁게 하면서 최선을 다하는 습관을 기를 수 있었습니다.

이 문장 역시 말하고자 하는 내용이 잘 드러나지 않기 때문에 간결하게 다듬어 주는 것이 좋아요.

저는 새롭게 도전하는 것을 즐기는 성격입니다. 자전거로 국내 여행을 하고, 호주에 가서 영어 연수를 하고, 틈틈이 드럼과 같은 악기를 배우는 등 다양한 경험을 쌓는 것을 게을리하지 않았습니다. 이러한 경험을 바탕으로 맡은 일을 즐겁게 하면서 최선을 다하는 습관을 길렀습니다.

위 문장을 세 개의 문장으로 나누어 주었어요. 첫 번째 문장은 짧게 마무리하고, 두 번째 문장은 생략된 문장 성분의 호응을 맞추어 주었어요. 세 번째 문장은 앞 문장의 내용을 받아 인과 관계로 이어지게 해 주었어요. 이처럼 문장을 다듬을 때는 짧게 나누는 것도 중요하지만 전달하고 싶은 내용이 잘 드러나게 하는 것이 우선이라는 점을 명심해야 해요.

토마토는 항암 효과가 뛰어나고 암세포의 성장을 억제하는 리코펜이 많이 들어 있어 건강에 유익하며 리코펜은 빨간 토마토에 많이 들어 있는데 열을 가해서 먹는 것이 흡수율을 높이는 방법이며 조리해서 먹으면 생토마토보다 흡수율이 더 높아지고, 지용성이라서 기름에 볶아 먹는 것이 좋은 방법이다.

이 문장은 길이도 길고, 중복된 표현도 많아요. 특히 주어가 토마토인지 리코펜인지 알 수 없게 뒤섞여 있어 이해하기가 어려워요.

토마토는 항암 효과가 뛰어난 리코펜이 많이 들어 있어 건강에 유익하다. 리코펜은 빨간 토마토에 많이 들어 있는데 열을 가해서 먹는 것이 흡수율을 높이는 방법이다. 리코펜은 지용성이라서 토마토

를 기름에 볶아 먹으면 생토마토로 먹는 것보다 리쿄펜의 흡수율이
더 높아진다.

항암 효과가 뛰어나다는 말에는 암세포의 성장을 억제한다는 뜻
이 포함되어 있어요. 그래서 '암세포의 성장을 억제하는'을 지우고
문장을 끊어 주었어요. 또 기름에 볶아 먹는다는 말과 조리해서 먹
는다는 말도 중복되기 때문에 하나를 지우고 간단히 정리해 주었
어요. 내용을 비교할 때는 형식도 비슷해야 하므로 '생토마토보다'
를 '생토마토로 먹는 것보다'로 수정했어요. 또 문장의 의미를 더 분
명하게 나타내기 위해 '지용성이라서 기름에 볶아'는 '리코펜은 지
용성이라서 토마토를 기름에 볶아'로 바꾸어 주었어요. 위 문장처럼
주어가 뒤섞여 있어 내용을 이해하기 어려울 때는 문장의 길이를 짧
게 해 주는 것만으로도 문제 해결에 도움이 돼요.

그렇다면 평소에 글을 쓸 때 긴 문장은 항상 짧게 나누어 주어야
하는 걸까요? 꼭 그렇지는 않아요. 문장의 길이를 적절하게 섞어 주
는 것도 표현 효과를 높이는 방법이 될 수 있어요. 짧은 문장과 긴 문
장은 각자의 장점을 지니고 있거든요.
우선 짧은 문장으로 쓴 글은 생각을 명확하게 전달할 수 있어요.
하지만 계속 짧은 문장만 이어진다면 글이 단조롭게 느껴질 수도 있

고, 생각의 흐름이 단절될 우려도 있어요. 만약 설명이나 묘사를 자세하게 하고 싶다면 긴 문장을 활용하는 것이 좋아요. 인과 관계를 나타낼 때도 긴 문장으로 표현하는 것이 효과적이에요. 그렇지만 문장을 이어 나가는 데 급급한 나머지 부적절한 연결 어미를 사용하거나, 호응해야 하는 성분 중 어느 하나를 빠뜨린다면 글을 읽는 데 방해 요인이 되지요. 길이를 어떻게 맺든 짜임새 있는 문장으로 글을 써야 한다는 것은 변함이 없답니다.

짧은 문장과 긴 문장을 적절히 활용하되, 어법에 맞게 써야 독자에게 글쓴이의 의도를 분명하게 전달할 수 있어요.

✏️ 번역 투 표현은 어색해요.

우리는 알게 모르게 일본어나 영어를 그대로 번역한 듯한 표현을 사용할 때가 있어요. 우리말 표현을 더욱 다채롭게 하기 위한 의도라면 그것도 나쁘지 않은 방법이 될 수 있어요. 하지만 번역 투 표현이 글을 이해하는 데 걸림돌이 될 때는 문제가 돼요. 이러한 표현은 우리말 구조와 달라서 문장의 형식을 어그러뜨리는 경우가 많기 때문이에요. 그래서 우리말답지 않은 어색한 표현은 사용하지 않는 것이 바람직해요. 번역 투 표현은 의미 전달에도 효과적이지 않고, 독자에게 부정적인 인상을 심어 줄 수도 있어요.

혹시 "나의 살던 고향은~"으로 시작되는 노래를 아시나요? 우리

나라 사람들이 예전에 많이 부르던 〈고향의 봄〉이라는 노래예요. 실제로 일제 강점기에는 이런 표현이 많이 쓰였어요. 우리말 어법으로는 '내가 살던 고향'이 더 자연스러운 표현인데 일본어의 영향을 받아서 '나의 살던 고향'이 된 거예요.

이처럼 '의'를 마구 쓰는 것은 일본어의 영향이 커요. 불필요한 곳에 사용된 '의'를 빼 버리거나, 다른 표현으로 바꾸면 문장의 의미가 더 분명해져요.

비판의 목소리가 높다.

⟶ 비판하는 목소리가 높다.

한국의 전형적인 여인의 얼굴

⟶ 전형적인 한국 여인의 얼굴

일본어의 영향을 받은 표현을 좀 더 살펴볼까요?

그런 행동은 범죄에 다름 아니다.

⟶ 그런 행동은 범죄와 다름없다.

인간관계에 있어서 인사는 중요한 역할을 한다.

⟶ 인간관계에서 인사는 중요한 역할을 한다.

태풍으로 인한 피해를 줄이기 위하여 해양 기후에 대하여 연구한다.

⟶ 태풍 피해를 줄이기 위하여 해양 기후를 연구한다.

이러한 일본어 투 표현은 군더더기처럼 여겨지기 때문에 쓸데없이 덧붙은 말을 걷어 내면 더 간결하고 자연스러운 문장이 돼요.

우리가 쓰는 말 중에는 일본에서 온 말인지 잘 모르고 쓰는 것이 많아요. 다음은 국립국어원에서 발행한 《일본어 투 용어 순화 자료집》에 실린 단어들이에요. 일본어 단어이거나 일본식 영어 단어이기 때문에 굳이 이런 표현을 사용하기보다는 쉽게 이해할 수 있는 우리말을 쓰는 것이 바람직해요.

일본어 표현	순화 표현
가오	① 얼굴 ② 체면
간지	① 느낌 ② 멋, 맵시
고로케	크로켓
곤색	감색(紺色), 검남색, 진남색
기스	흠, 흠집
노가다	(공사판) 노동자, 막일, 막일꾼
다마	① 구슬, 알 ② 전구 ③ 당구
다이	대, 받침(대)

일본어 표현	순화 표현
도란스	변압기
뗑깡	생떼
모찌(모치)	찹쌀떡
밧데리(밧테리/밧떼리)	건전지, 전지, 축전지
뽀록나다	드러나다, 들통나다
사시미	생선회
소보로빵	곰보빵
스시	초밥
앙꼬	팥소
오뎅	어묵, 꼬치 (안주)
와사비	고추냉이
우동	가락국수
유도리	융통(성), 여유
지라시(찌라시)	선전지, 낱장 광고
추리닝(츄리닝)	연습복, 운동복
후라이	① 튀김, 부침 ② 거짓말

일본식 표현 외에 가장 많이 쓰이는 외국어 어투는 영어식 표현이에요. 평소에 영어 번역문을 많이 접하던 사람들은 영어 문장을 직역한 것 같은 표현을 별다른 의식 없이 쓸 때도 있어요. 영어의 영향을 직접적으로 받은 표현을 먼저 살펴볼게요. 이런 표현들은 읽는 사람이 껄끄럽고 어색하게 느끼기 쉬우므로 쓰지 않는 것이 좋아요.

동생은 좋은 목소리를 가졌다. ('have'의 영향)

⟶ 동생은 목소리가 좋다.

아이들에게는 관심이 요구된다. ('require'의 영향)

⟶ 아이들에게는 관심이 필요하다.

나는 그와 서로 사랑하는 중이다. ('be ~ing'의 영향)

⟶ 나는 그와 서로 사랑한다.

우리 회사는 서울에 위치하고 있다. ('be located in'의 영향)

⟶ 우리 회사는 서울에 있다.

그것은 가장 시급한 문제 중의 하나이다. ('one of the most'의 영향)

⟶ 그것은 가장 시급한 문제이다.

주어 앞에 꾸며 주는 말을 여러 겹 늘어놓는 것도 자연스러운 우리말 표현이라고 하기 어려워요. '주어+서술어' 형태로 풀어서 써 주면 읽는 사람이 더 쉽고 편하게 이해할 수 있어요.

많은 양의 비가 내렸다.

→ 비가 많이 내렸다.

소득의 급격한 감소가 나타났다.

→ 소득이 급격히 감소했다.

피동 표현을 과하게 사용한 문장도 번역 투 표현의 영향이 커요. 피동이란 남의 힘에 의해 움직이는 일을 뜻해요. 예를 들어 '친구와 만났다'를 '친구와 만나게 되었다', '친구와의 만남이 이루어졌다'로 쓰는 것은 주어가 한 행동을 피동형으로 표현한 거예요. 능동형으로 쓸 수 있는 문장을 굳이 남의 힘에 의해 움직인 것처럼 꼬아서 쓸 이유가 없어요.

그에 의해 던져진 공이 하늘 높이 날아갔다.

→ 그가 던진 공이 하늘 높이 날아갔다.

4차 산업이 발전되어질 것으로 보여진다.

→ 4차 산업이 발전할 것으로 보인다.

어색한 피동형 표현보다는 능동형 표현이 좋아요. 또 피동형이 겹친 표현을 하나로 줄이면 더 산뜻한 문장이 돼요. 사물을 주어로 삼은 문장보다는 사람을 주어로 삼아 능동 의미로 서술한 문장이 우리말에 더 잘 어울린다는 점도 기억해 두세요.

번역 투로 문장을 쓰면 문장이 복잡해지므로 말하려는 의미를 전달하는 데 걸림돌이 돼요. 습관처럼 많이 사용하지만 우리말 어법에 맞지 않는 번역 투 표현은 사용하지 않는 것이 바람직해요.

☀

2. 띄어쓰기를 확인하세요.

2. 띄어쓰기를 확인하세요.

띄어쓰기는
누구에게나
어려운 것!

다행이다.
나만 어려운 것이
아니었어~

단어나 문장을 검토할 때 띄어쓰기만큼 편집자를 까다롭게 하는 것도 드물어요. 전 국립국어원 원장님이 "나도 띄어쓰기가 자신 없다."라고 하신 말은 편집자인 저에게 묘한 안도감을 주었어요. 누구에게나 어려운 것이 국어의 띄어쓰기로구나, 하는 생각을 갖게 되었거든요.

띄어쓰기를 어렵게 느끼는 이유는 허용과 예외가 많기 때문이라고 생각할 수 있어요. 예를 들어 '대한 중학교'도 맞지만 '대한중학교'도 맞고, '읽어 보다'도 맞지만 '읽어보다'도 맞아요. 그런데 이렇게 허용과 예외가 많다는 것은 기준을 엄격하게 적용하지 않고 사용자의 편의를 배려하려는 의도가 있다는 것이에요. 그러니 오히려 더 편안한 마음가짐을 가지고 띄어쓰기를 해도 돼요.

띄어쓰기가 정말 어려운 이유는 따로 있어요. 원칙에 따라 '홀로 쓰일 수 있는' 단어는 띄어 써야 하는데, 이 '문법적 자립성'을 구분하기가 결코 쉽지 않답니다. '자립성'이라는 것은 홀로 쓰일 수 있느냐, 없느냐를 따지는 거예요. 그런데 이 '자립성'의 개념을 어떻게 볼 것인지에 대해서는 사람에 따라 해석이 다를 수가 있어요. 그래서 이것을 하나하나 따지면서 띄어쓰기를 하기는 힘들어요. 그럼 어떤 것을 확인하면서 띄어쓰기를 해야 할까요? 이 책에서는 일반적으로 띄어쓰기를 검토할 때 주의해야 할 사항들을 알려 드릴게요.

✐ 띄어쓰기의 원칙은 단어별로 띄어 쓴다는 것!

띄어쓰기의 가장 기본적인 원칙은 "단어별로 띄어 쓴다."라는 거예요.

일단 이 문장에서도 '단어별로'라는 띄어쓰기 마디가 나왔지요?

'단어별로'에서 '단어'는 분명 한 단어예요.

'-별'은 뭘까요? 접미사예요. 접미사는 홀로 쓰일 수 없기 때문에 붙여 써야 해요. 사전을 찾았을 때 '-' 표시가 있는 것은 홀로 쓰일 수 없다는 뜻이에요. 그렇기 때문에 길게 고민할 필요 없이 붙여 쓰면 돼요.

그럼 '로'는 뭘까요? 조사예요. 조사도 단어라고 했는데? 맞아요. 조사도 단어예요. 하지만 붙여 써야 해요. 조사 역시 홀로 쓰이지 않기 때문이에요.

벌써 헷갈리기 시작하지요?

하지만 너무 어렵게 생각할 필요 없어요. 앞으로 제가 기본적으로 지켜야 할 최소한의 띄어쓰기를 알려 드릴 테니까요.

일단 "하나의 단어는 붙여 쓴다."라는 것을 염두에 두고 따라오세요!

○ 명사(이름을 나타내는 말)

다른 사람을 사귈 때 가장 먼저 물어보는 것이 아마도 이름이겠지요. 이렇게 이름을 나타내는 품사가 바로 명사예요.

'김유미', '학교', '친구', '우정'도 명사고, '인천국제공항'이나 '한라산'도 명사예요.

사람 이름 외의 고유 명사나 전문 용어는 원래 단어별로 띄어 쓰는 게 원칙이지만 때에 따라 붙여 쓰기도 해요. 하나의 대상임을 드러내기에는 붙여 쓰는 것이 더 좋기 때문이지요.

인천 국제공항(원칙)

→ 인천국제공항(허용)

한국 대학교 의과 대학 부속 병원(원칙)

→ 한국대학교 의과대학 부속병원(허용)

상대성 이론(원칙)

→ 상대성이론(허용)

국제 음성 기호(원칙)

→ 국제음성기호(허용)

그런데 원래부터 한 단어인 명사는 반드시 붙여 써야 해요. 우리
가 쓰는 단어 중에는 둘 이상의 말이 결합하여 이루어진 합성어들이
많거든요.

'눈물, 새해, 돌다리', 이 정도는 하나의 단어로 판단하기 어렵지
않죠?

'사과나무, 호박잎, 모래성'은 어떤가요?

'창밖, 마음속, 그날, 밤사이'는요? 모두 하나의 단어일까요?

위에 제시한 단어들은 모두 한 단어가 맞아요. 사전에도 한 단어
로 나오고, 반드시 붙여 써야 하죠.

띄어쓰기를 교정할 때 가장 큰 문제가 되는 것은 합성어와 구를

판별하는 일이에요. 합성어인 '호박잎, 모래성'은 한 단어이므로 붙여 써야 하고, '봉선화 잎, 유리 성'은 두 개의 단어이므로 띄어 써야 해요.

도대체 기준이 뭘까요?

답은 간단해요. 기준은 언제나 표준국어대사전이에요. 일상적으로 자주 써서 하나의 단어로 굳어진 말은 사전에 실리게 된 거예요.

호박잎은 반찬으로도 먹을 만큼 자주 접하는 대상이니까, 모래성은 쉽게 허물어지는 것을 이르는 말로도 쓰이니까 결국 한 단어로 굳어진 거예요. 두 개의 단어가 하나로 된 사례는 지금까지도 많았고 앞으로도 계속 생겨날 거예요. 그러니 앞으로 이런 단어를 보면, 자주 써서 한 단어가 된 말이구나, 하고 생각하면 돼요.

아래에는 자주 헷갈리는 합성어와 구를 정리했으니 참고해 주세요.

합성어(=한 단어)	구
창밖, 문밖	집 밖, 나라 밖
마음속, 물속, 꿈속	흙 속, 잠 속
그날, 그때, 그동안	어느 날, 아무 때, 한참 동안
다음번, 그다음	다음 순서, 그런 다음
그사이, 밤사이	친구 사이, 우리 사이

합성어(=한 단어)	구
비상시, 유사시, 평상시	회의 시, 작업 시, 휴식 시
우리말, 우리글, 우리나라	우리 학교, 우리 민족, 우리 땅
지난밤, 지난주, 지난봄	지난 시간, 지난 주말
물통, 술통, 밥통, 쓰레기통	반찬 통, 빨래 통, 플라스틱 통

비슷해 보여서 하나의 단어인지, 구(둘 이상의 단어)인지 판단하기 어려울 때는 반드시 사전을 찾아 확인해 보세요. 사전과 친하게 지내는 것이 어휘력을 기르는 가장 쉽고도 확실한 방법이랍니다.

○ 대명사(이름을 대신하는 말)

대명사란 사람이나 사물의 이름을 '대신' 나타내는 말이에요. 사람을 가리키는 것을 인칭 대명사, 사물이나 장소를 가리키는 것을 지시 대명사라고 하지요.

인칭 대명사: 나, 저, 우리, 너, 너희, 그, 누구, 아무 …

지시 대명사: 그, 이것, 그것, 저기, 거기, 어디, 무엇 …

다음 사례에서 띄어쓰기를 어떻게 하는 게 맞는지 찾아보세요.

　㉠ (김모/김 모) 씨가 이 사건과 관련이 있다.

　㉡ (그분/그 분)이 우리 선생님이시다.

　㉢ (저이/저 이)가 아까부터 당신을 기다리고 있어요.

　㉠ 대명사는 앞말과 띄어 씁니다.

　'모(某)'는 누구인지 확실하지 않거나 굳이 밝히려고 하지 않을 때 쓰는 대명사로, 앞말과 띄어 쓰는 것이 맞아요. 따라서 '김 모 씨'라고 써야 해요.

　㉡과 ㉢에서는 '그분'과 '저이'가 대명사예요.

　'그분'은 '그 사람'을 아주 높여 이르는 삼인칭 대명사이고, '저이'는 '저 사람'을 조금 높여 이르는 삼인칭 대명사지요.

　'그분'과 '저이'는 하나의 단어이니 붙여 쓰는 것이 맞습니다.

　이처럼 합성 대명사를 하나의 단어로 생각하지 않고 띄어 쓰는 경우가 많아 주의해야 해요.

　☑ 예시

　　이것, 그것, 저것

이분, 그분, 저분

이이, 그이, 저이

위 단어들은 모두 붙여 써야 한다는 것, 잊지 마세요!

○ 부사

부사는 다른 말을 꾸며 주는 역할을 해요. 부사 역시 하나의 단어
인데 자주 띄어 쓰는 예들이 있어요. 다음 밑줄 친 부사들은 한 단어
이기 때문에 붙여 써야 해요.

동생은 노래를 곧 잘 한다.

→ 동생은 노래를 곧잘 한다.

일기는 그날 그날 써야 한다.

→ 일기는 그날그날 써야 한다.

더욱 더 풍성해진 가을걷이

→ 더욱더 풍성해진 가을걷이

여러분께 또 다시 당부하겠습니다.

→ 여러분께 또다시 당부하겠습니다.

밤 낮 놀기만 한다.

→ 밤낮 놀기만 한다.

그는 이를 테면 걸어 다니는 백과사전이다.

→ 그는 이를테면 걸어 다니는 백과사전이다.

이리 저리 핑계를 대다.

→ 이리저리 핑계를 대다.

부모가 자녀를 잘 못 가르쳤다.

→ 부모가 자녀를 잘못 가르쳤다.

하루 빨리 집으로 돌아가고 싶다.

→ 하루빨리 집으로 돌아가고 싶다.

✎ 조사는 붙여 쓰고, 의존 명사는 띄어 써요.

길가에 제비꽃과 민들레가 피어 있어요. 두 꽃의 이름을 모르는 사람은 "들꽃이 피었네."라고 할지도 몰라요. 하지만 이름을 알게 되면 구분할 수 있겠죠. 보라색 꽃은 제비꽃, 노란색 꽃은 민들레.

자, 여기 문장이 있어요. 아무리 쉽게 이해하려고 해도 일단 조사와 의존 명사가 뭔지는 알아야 해요. 그래야 구분이 가능할 테니까요!

저는 쉽게 설명해 드리고 싶을 뿐이랍니다.

여기서 '는'이 조사라는 건 아시겠죠?

나는 너를 사랑해. 머리에서 발끝까지. 너만 사랑해.

밑줄 친 '는, 를, 에서, 까지, 만'이 모두 조사예요.

조사는 체언이나 부사, 어미 따위에 붙어 그 말과 다른 말과의 문법적 관계를 표시하거나 그 말의 뜻을 도와주는 품사예요. 이 뜻은 기억할 필요 없고, 무조건 조사는 앞말에 붙여 쓴다는 것만 기억하시면 돼요. 조사가 명사에 붙든, 조사에 붙든, 어미에 붙든 마찬가지예요.

여기에서부터이다.

'에서, 부터, 이다' 모두 조사이기 때문에 붙여 쓰면 됩니다. '이다'도 조사인가요? 네, 조사가 맞습니다. 서술어를 만들어 주는 조사랍니다.

'이다'는 띄어쓰기 오류가 많이 나타나는 조사 중 하나예요. 특히 '입니다' 형태로 쓸 때 앞에 오는 명사와 띄어 쓰는 경우가 많아 주의해야 해요.

어제는 금요일 이었다. 오늘은 토요일 이다.

→ 어제는 금요일이었다. 오늘은 토요일이다.

저는 남지영 입니다. 스무 살 입니다.

→ 저는 남지영입니다. 스무 살입니다.

띄어쓰기 오류가 많이 나타나는 조사를 몇 가지 더 살펴볼게요.

물이 조금 밖에 없다.

→ 물이 조금밖에 없다.

잔소리 보다 칭찬이 더 좋다.

→ 잔소리보다 칭찬이 더 좋다.

동생은 너 하고 하나도 안 닮았구나.

→ 동생은 너하고 하나도 안 닮았구나.

그 선생님은 학생들 하고 친하다.

→ 그 선생님은 학생들하고 친하다.

친구가 "나 너 좋아해." 라고 고백했다.

→ 친구가 "나 너 좋아해."라고 고백했다.

'밖에'는 '그것 말고는', '그것 이외에는', '기꺼이 받아들이는', '피할 수 없는'의 뜻을 나타내는 조사예요. "너밖에 없어.", "이렇게 할 수밖에 없어."와 같이 말할 때 쓰이지요.

'보다'는 비교의 대상이 되는 말에 붙어 '~에 비해서'의 뜻을 나타내는 조사예요. 부사인 '보다'와 모양이 같아서 헷갈리기 쉬우므로 주의해야 해요.

'하고'는 대화체에서 자주 쓰는 조사인데, 다른 것과 비교하거나 기준으로 삼는 대상임을 나타낼 때 쓰여요. 또 일 따위를 함께 함을 나타낼 때도 쓰이지요. 이때는 조사 '와/과'와 같은 역할을 한다고 생각하면 돼요. '하다'라는 동사가 워낙 광범위하게 쓰이기 때문에 '하고'를 조사라고 생각하지 않고 띄어 쓰는 경우가 많아요.

'라고'는 앞말이 직접 인용되는 말임을 나타내는 조사예요. 원래 말해진 그대로 인용됨을 나타내지요. '라고'는 '하고'와 헷갈려서 띄어 쓰는 경우가 많아요. '라고'는 조사이기 때문에 앞말과 붙여 써야 해요. 반면에 말을 직접 인용할 때 쓰이는 '하다'는 조사가 아니라 동사이기 때문에 '보초는 "손들어!" 하고 외쳤다.'처럼 띄어 써야 한답니다.

이제 의존 명사에 관해 알아볼게요.

저는 쉽게 설명해 드리고 싶을 뿐이랍니다.

여기서 '뿐'은 의존 명사예요. 명사는 '꽃'이나 '별'처럼 사물의 이름을 나타내는 품사예요. 그리고 의존 명사는 명사는 명사인데, 다른 말 아래에 기대어 쓰이는 명사예요. 명사니까 **앞말과 띄어 써야** 하지요.

정리하면 이렇게 됩니다.

> 조사는 붙여 쓰고 의존 명사는 띄어 쓴다.

여기서 끝나면 참 쉬웠겠죠! 그런데 헷갈리게도 모양이 똑같은 말들이 있어요.

'대로, 만큼, 뿐, 만'은 조사와 의존 명사의 모양이 같아요. 그리고 의존 명사 '지'는 어미 '-지'와 모양이 같아요.

벌써 낙담하지는 마세요. 알고 나면 쉬운 구분 방법을 알려 드릴게요.

먼저 '대로, 만큼, 뿐'을 살펴볼게요.

㉠ '대로'

(약속대로/약속 대로) 해야 한다.

(약속한대로/약속한 대로) 해야 한다.

어떤 표현이 맞을까요?

69

ⓛ '만큼'

(노력만큼/노력 만큼) 중요한 것이 없다.

(노력한만큼/노력한 만큼) 얻게 된다.

ⓒ '뿐'

그가 보여 주는 것은 (웃음뿐이다/웃음 뿐이다).

그는 웃고만 (있을뿐이다/있을 뿐이다).

위 예시에서 첫 줄은 붙여 쓰는 것이 맞고, 둘째 줄은 띄어 쓰는 것이 맞아요. 띄어쓰기가 헷갈릴 때 가장 '바람직한' 구분법은 사전에 나온 뜻, 용례와 비교하면서 쓰임을 확인하는 거예요. '대로, 만큼, 뿐'도 다음과 같이 이해할 수 있겠죠.

ⓖ '대로'

'대로'가 '앞에 오는 말에 근거하거나 달라짐이 없음', '따로따로' 등을 의미하는 조사일 때는 앞말과 붙여 씁니다. 그리고 '그 모양이나 상태와 같이', '그 즉시' 등을 의미하는 의존 명사일 때는 띄어 씁니다.

ⓛ '만큼'

'만큼'이 '앞말과 비슷한 정도나 한도임'을 나타내는 조사일 때는 앞말과 붙여 씁니다. 그리고 '앞의 내용에 상당한 수량이나 정도임'을 나타내거나, '뒤에 나오는 내용의 원인이나 근거가 됨'을 나타내는 의존 명사일 때는 띄어 씁니다.

ⓒ '뿐'

'뿐'이 '그것만이고 더는 없음' 또는 '오직 그렇게 하거나 그러하다는 것'을 나타내는 조사일 때는 앞말과 붙여 씁니다. 그러나 '다만 어떠하거나 어찌할 따름이라는 뜻을 나타내는 말', '오직 그렇게 하거나 그러하다는 것을 나타내는 말'일 때는 의존 명사이므로 띄어 씁니다.

그런데 사실, 뜻만 비교해서는 이들 조사와 의존 명사를 구분하기 힘들어요. 그럼 어떻게 해야 할까요?

이렇게 알아 두세요. 체언(명사) 뒤에는 조사, 용언의 활용형 뒤에는 의존 명사가 온다고요.

대체 '용언의 활용형'이 뭐냐고요? 문장에서 서술어의 기능을 하는 동사, 형용사의 모양이 때에 따라 바뀌는 것을 말해요. 우리말에서 '약속'이란 명사는 문장에서 쓰일 때 모양이 안 바뀌지만, '약속하다'라는 동사는 모양이 바뀌잖아요?

약속하다	약속했다	약속하니	약속해라	약속할게
약속하지	약속하자	약속한	약속할	약속했을

이제 딱 느낌이 오시죠? 용언의 활용형(모양이 바뀌는 말) 뒤에는 의존 명사가 옵니다. 그럼 적용해 볼까요?

'약속' 뒤에는 조사 '대로', '약속한' 뒤에는 의존 명사 '대로'
'노력' 뒤에는 조사 '만큼', '노력한' 뒤에는 의존 명사 '만큼'
'웃음' 뒤에는 조사 '뿐', '있을' 뒤에는 의존 명사 '만큼'
여기서 당연히 조사는 붙여 쓰고, 의존 명사는 띄어 쓰겠죠.

그럼, '만'과 '지'는 어떻게 구분하나요?

의존 명사 '만'과 '지'는 시간이나 횟수와 관련이 있어요. 이것만 알아 두면 구분이 쉬워요.

ⓔ '만'

그는 (사흘만/사흘 만)에 돌아왔다.

나는 (두 번만/두 번 만)에 시험에 합격했다.

사과 (하나만/하나 만) 더 주세요.

ⓒ '지'

내가 (입사한지/입사한 지) 보름이 지났다.

이 길로 계속 가야 (할지/할 지) 모르겠다.

ⓔ '만'

'만'이 시간의 경과나 횟수를 나타내는 경우에는 의존 명사이므로 띄어 써요. 따라서 "그는 사흘 만에 돌아왔다.", "나는 두 번 만에 시험에 합격했다."에서의 '만'은 띄어 쓰지요. 각각 시간의 경과, 횟수를 나타내기 때문이에요.

그러나 세 번째 문장의 '만'은 달라요.

'만'이 "하나만 알고 둘은 모른다.", "이것은 그것만 못하다."처럼 체언에 붙어서 한정 또는 비교의 뜻을 나타낼 때는 조사이므로 붙여 써요. 따라서 이 문장은 "사과 하나만 더 주세요."라고 써야 하지요.

ⓕ '지'

'지'가 "여기 온 지 한 달이 지났다."처럼 시간의 경과를 나타내는 경우에는 의존 명사이므로 띄어 써요. 따라서 "내가 입사한 지 보름이 지났다."와 같이 쓰지요.

그러나 그 외의 '지'는 어미 또는 어미의 일부로서 붙여 써야 해요. 예를 들어 "얼마나 부지런한지 쉬지를 않는다."에서의 '지'는 어미 '-ㄴ지'의 일부이고, "내가 몇 등일지 궁금하다."에서의 '지'는 어미 '-ㄹ지'의 일부이므로 붙여 써야 해요. 따라서 두 번째 문장은 "이 길로 계속 가야 할지 모르겠다."라고 써야 한답니다.

이 외에도 띄어쓰기를 판단하기 어려운 의존 명사들이 몇 가지 더 있어요. 아래 사례들은 '한글 맞춤법'에 제시된 내용이므로 한 번쯤 읽고 참고해 두시면 좋아요.

» '들'이 '남자들, 학생들'처럼 복수를 나타내는 경우에는 접미사이므로 앞말에 붙여 쓰지만, '쌀, 보리, 콩, 조, 기장 들을 오곡(五穀)이라 한다'와 같이, 두 개 이상의 사물을 열거하는 구조에서 '그런 따위'라는 뜻을 나타내는 경우에는 의존 명사이므로 앞말과 띄어 쓴다. 이때의 '들'은 의존 명사 '등(等)'으로 바꾸어 쓸 수 있다.

» '듯'은 용언의 어간 뒤에 쓰일 때에는 어미이므로 '구름에 달이 흘러가듯'과 같이 앞말에 붙여 쓰지만, 용언의 관형사형 뒤에 쓰일 경우에는 의존 명사이므로 '그가 먹은 듯'과 같이 앞말과 띄어 쓴다.

» '차(次)'가 '인사차 들렀다, 사업차 외국에 나갔다'처럼 명사 뒤에 붙어 '목적'의 뜻을 더하는 경우에는 접미사이므로 붙여 쓰지만 '고향에 갔던 차에 선을 보았다, 마침 가려던 차였다'와 같이 용언

의 관형사형 뒤에 나타날 때는 의존 명사이므로 띄어 쓴다.

» '판'이 '노름판, 씨름판, 웃음판'처럼 쓰일 때는 합성어를 이루므로 붙여 쓰지만 '바둑 두 판, 장기를 세 판이나 두었다'와 같이 수 관형사 뒤에서 승부를 겨루는 일을 세는 단위를 나타낼 때는 의존 명사이므로 띄어 쓴다.

✏ 단위는 띄어 쓰지만, 숫자와는 붙여 쓸 수 있어요.

　단위를 나타내는 말에는 의존 명사와 자립 명사가 있는데요, 둘 다 하나의 단어로 인정되는 명사이므로 앞말과 띄어 씁니다. 여기서 무슨 명사인지 구분할 필요는 없고, 단위를 나타내는 말은 띄어 쓰는구나 하고 이해하시면 돼요.

　따라서 '한 개', '이백 원'이라고 띄어 쓰는 게 맞아요. 어색하시다고요? 붙여 쓰셨다고요? 그렇다면 지금까지 띄어쓰기를 잘못하고 계셨던 거예요. 제시된 사례들을 보면서 띄어쓰기를 확인해 보세요.

의존 명사	
한 개	만 원
열 살	나무 한 그루
토끼 두 마리	종이 석 장
물 한 모금	밥 두어 술
고기 세 근	자동차 한 대
집 열두 채	배 열세 척

자립 명사	
국수 한 그릇	맥주 두 병
학생 세 사람	꽃 한 송이
흙 한 줌	풀 한 포기

그렇다면 다음 사례에서는 띄어쓰기를 어떻게 하는 게 맞을지 골라 보세요.

㉠ 이천이십 년 구 월 이십 일/이천이십년 구월 이십일

　　２０２０ 년 ９ 월 ２０ 일/２０２０년 ９월 ２０일

ⓛ 일곱 시 사십오 분/일곱시 사십오분

　일곱 시 45 분/일곱시 45분

정답은, 모두 바른 표기입니다!

　단위를 나타내는 명사는 띄어 쓰는 것이 '원칙'이지만 붙여 쓰는 것도 '허용'돼요. 차례(순서)를 나타내는 경우나 아라비아 숫자와 어울려 쓰이는 경우에 한해서예요. 이 두 가지 허용 기준을 기억해 두세요.

　연월일, 시각 등은 차례나 순서 개념을 나타낸다고 봐요. 그러니까 ⓒ, ⓛ의 사례들은 모두 띄어쓰기를 바르게 한 거예요.

　두 가지 허용 기준 중 '차례(순서)를 나타내는 경우'가 무엇을 뜻하는지 잘 모르시겠다면 다음 예시를 참고하세요.

　☑ 예시

제일 편(원칙)　　　제일편(허용)

제이 장(원칙)　　　제이장(허용)

삼십 회(원칙)　　　삼십회(허용)

사십오 번(원칙)　　사십오번(허용)

육십칠 차(원칙)　　육십칠차(허용)

'아라비아 숫자와 어울려 쓰이는 경우'는 쉽죠? 다음 예시를 참고하세요.

☑ 예시

1 명(원칙)	1명(허용)
2 학년(원칙)	2학년(허용)
3 시간(원칙)	3시간(허용)
40 병(원칙)	40병(허용)
50 킬로미터(원칙)	50킬로미터(허용)

아라비아 숫자 뒤에 오는 명사는 오히려 띄어 쓰는 경우가 드물고, 붙여 쓰는 것이 더 잘 읽혀요. 그래서 보통 책에서는 붙여 쓰는 것을 원칙으로 한답니다.

여기서 수의 띄어쓰기에 관해서도 알아볼게요.

수를 적을 때는 '만(萬)' 단위로 띄어 써요. '한글 맞춤법'에서는 의미 파악이 쉬울 뿐만 아니라 우리말 수를 읽을 때의 단위 구획과도 어울리기 때문에 만 단위로 띄어 쓰도록 정했다고 설명하고 있어요. 이는 아라비아 숫자와 함께 적을 때도 마찬가지랍니다.

십이억 삼천사백오십육만 칠천팔백구십팔

12억 3456만 7898

    다만, 금액을 적을 때는 변조(變造) 등의 사고를 방지하려는 뜻에서 붙여 쓰는 게 관례로 되어 있다고 하니 이것도 알아 두시면 좋겠네요.

    일금: 삼십일만오천육백칠십팔원정

    돈: 일백칠십육만오천원

✎ 띄어쓰기 실수가 많은 표현들이랍니다.

○ '잘, 못, 안'과 결합한 말

'잘, 못, 안'은 부사로서의 기능을 너무 강력하게 인식한 나머지 무조건 띄어 쓰려는 분들이 많아요. 그런데 '잘, 못, 안'과 결합하여 하나의 단어가 된 말들이 있기 때문에 사전을 찾아 확인하고 띄어쓰기를 해야 해요.

그러니까 이런 식이지요. '못하다'를 예로 들면, 수준이나 능력을 드러낼 때는 붙여 쓰고, 특정한 경우에 할 수 없음을 드러낼 때는 띄어 쓰는 거예요.

> "나는 축구를 못해." → '수준이나 능력'을 뜻함 → 붙여 씀
> "비가 와서 축구를 못 했어." → '할 수 없음'을 뜻함 → 띄어 씀

이러한 사례들을 더 제시해 볼게요. 참고해 주세요.

> » 잘되다: 썩 좋게 이루어지다. 훌륭하게 되다.
> 　　　예) 장사가 잘되다. 자식이 잘되다.

» 잘하다: 바르게 하다. 훌륭하게 하다. 익숙하고 능란하게 하다.

버릇으로 자주 하다.

예) 처신을 잘하다. 운동을 잘하다. 축구를 잘하다.

오해를 잘하다.

» 잘못하다: 틀리게 하다. 적당하지 아니하게 하다.

예) 셈을 잘못하다. 말을 잘못하다.

» 잘생기다: 생김새가 보기에 좋게 생기다.

예) 코가 잘생기다. 나무가 잘생기다.

» 못생기다: 생김새가 보통에 미치지 못하다.

예) 얼굴이 못생기다. 다리가 못생기다.

» 못하다: 일정한 수준에 못 미치게 하거나, 그 일을 할 능력이 없다.

예) 노래를 못하다. 술을 못하다.

» 안되다: 좋게 이루어지지 않다. 훌륭하게 되지 못하다. 섭섭하거나

가엾어 마음이 언짢다.

예) 농사가 안되다. 공부가 안되다. 마음이 안되다.

○ '있다', '없다'가 결합한 말

'있다', '없다'가 결합한 말 역시 사전을 찾아보고 한 단어라면 붙여 쓰고, 그렇지 않다면 띄어 써야 해요.

예를 들어 "기부는 뜻있는 일입니다."라는 문장을 쓸 때 '뜻있는'을 붙여 써야 할지, 띄어 써야 할지 궁금하다면 사전을 찾아보세요. 그런데 '뜻있는'을 그대로 검색하면 사전에 나오지 않아요. 이때는 '뜻있는'의 기본형인 '뜻있다'를 검색해 보아야 해요. '뜻있다'를 검색해 보았더니 '가치나 보람이 있다'라는 뜻을 지닌 형용사라고 나오네요. 그러므로 한 단어인 '뜻있다'는 붙여 써야 해요.

> » '있다'가 붙은 형용사: 뜻있다, 관계있다, 상관있다, 재미있다 등
> » '없다'가 붙은 형용사: 거침없다, 관계없다, 끊임없다, 다름없다, 뜬금없다, 문제없다, 버릇없다, 변함없다, 볼품없다, 부질없다 등

○ 그 외에 띄어쓰기 오류가 잦은 합성 용언

'보다, 주다, 내다' 등이 붙은 말들도 띄어쓰기가 헷갈리는 경우가 많아요. 한 단어라서 붙여 써야 하는지, 두 단어라서 띄어 써야 하는지 판단이 안 될 때는 사전을 찾아서 확인해 보세요.

자주 헷갈리는 합성어와 구를 다음과 같이 정리했으니 참고해 주세요.

합성어(=한 단어)	구
물어보다, 알아보다, 찾아보다	들어 보다, 생각해 보다
도와주다, 돌려주다, 들려주다	알려 주다, 보여 주다
몰아내다, 알아내다, 쫓아내다	받아 내다, 잘라 내다
놓아두다, 버려두다, 일러두다	담아 두다, 알아 두다
걸어오다, 들여오다, 보내오다	밝아 오다, 옮겨 오다
뛰어가다, 살아가다, 찾아가다	오고 가다, 식어 가다
갈라놓다, 내려놓다, 털어놓다	열어 놓다, 펼쳐 놓다

☀

3. 단어의 맞춤법을 확인하세요.

3. 단어의 맞춤법을 확인하세요.

'맞춤법'은 글자를 적는 규칙을 뜻해요. 한글로 글을 쓸 때 지켜야 하는 규칙이 '한글 맞춤법'이고요.

어떤 사람들은 '한글 맞춤법'이 굉장히 어렵다는 선입견을 가지고 있어요. 하지만 한글은 세계의 어떤 글자보다 맞춤법이 쉬운 글자인지도 몰라요. 왜냐고요? 한글은 우리말의 발음을 거의 그대로 표시할 수 있는 문자이기 때문이지요. 국어 수업 시간에 한글의 특징을

배우면서 들었겠지만 발음과 표기가 이렇게 잘 맞아떨어지는 문자
는 그렇게 흔하지 않거든요.

한국어를 한글로 적는 데는 물론 몇 가지 지켜야 할 규칙들이 있
어요. 하지만 그중에는 한글을 읽고 써 오면서 이미 자연스럽게 익
힌 것도 많아요. 그러니 맞춤법을 배울 때 너무 걱정하지 않으셔
도 돼요.

✏ 사전을 확인하는 것이 가장 중요해요.

'한글 맞춤법'의 가장 기본적인 원칙을 먼저 살펴볼까요? "표준어를 소리대로 적되, 어법에 맞도록" 쓴다는 거예요. 이 말의 뜻을 쉽게 설명해 드릴게요.

표준어'란 단순히 서울말을 뜻한다기보다는 우리나라 국민들에게 두루 통할 수 있는 보편적인 공용어를 뜻해요. 서울 사투리라고 해서 모두 표준어인 것은 아니거든요. 지방 사투리 중에도 보편적으로 쓰이는 말은 표준어의 범위에 속하게 되고요.

소리대로 적는다'라는 것은 표준어를 소리 나는 대로 적는다는 뜻이에요. 예를 들어 [하늘]을 적을 때 '허널', '코늡'처럼 멋대로 적지 않고 발음에 따라 '하늘'이라고 적는 것이지요. 참고로 '[ ]'는 발음을 나타낼 때 쓰는 기호예요.

하늘 + 이

하느리(x)
하늘이(o)

'어법에 맞도록 한다'라는 말은 뜻을 알 수 있도록 적는다는 거예요. 소리 나는 대로 적기만 한다면 하나의 단어라도 모양이 계속 달라질 거예요. 문장을 쓸 때 '하느리', '하느른', '하늘도'처럼 쓰게 되겠지요. 그럼 사람들은 '하늘'이 하나의 단어라는 것을 알기 어려울 거예요. 그래서 단어의 본 모양인 '하늘'을 구별해서 '하늘이', '하늘은', '하늘도'처럼 적는 거예요.

'한글 맞춤법'의 형태에 관한 규정은 전체적으로 이러한 내용으로 되어 있어요. 체언은 조사와 구별하여 적고, 용언은 어간과 어미를 구별하여 적는데, 그 원형을 어떻게 밝혀 적는지, 어떨 때 소리대로 적는지 설명하고 있지요.

그런데 이 규정들은 대략적인 설명과 용례로 구성되어 있기 때문에 문제가 되는 단어의 정확한 표기는 반드시 사전에서 확인해야 해요.

대략적인 발음은 우리가 이미 알고 있기 때문에 사전만 찾으면 확인할 수 있는 것, 이것이 '한글 맞춤법'이 쉬운 이유라고 할 수 있어요. 그러니 단어의 표기를 잘 모르겠다고 해서 "나는 국어 지식이 없어."라고 한탄하지 말고, 사전만 찾아보면 되는 거예요.

예를 들어 볼까요? "밥 먹었니?"라는 물음에 부정하는 대답을 쓰고 싶어요. 그런데 표기가 '아니오'인지, '아니요'인지 헷갈릴 때가 있잖아요? 이때 표준국어대사전을 검색하면 이렇게 나와요.

아니-오「감탄사」 → 아니요.
※ '아니오'는 '이것은 책이 아니오.', '나는 홍길동이 아니오.'와 같이 한 문장의 서술어로만 쓴다. "다음 물음에 '예', '아니요'로 답하시오." 와 같이 '예'에 상대되는 말은 '아니요'이다.

여기서 화살표(→)는 "현재 항목이 잘못된 표기이니 오른쪽에 나오는 바른 표준어의 뜻풀이를 참고하세요."라는 뜻의 약호예요. 그럼 표준어인 '아니요'를 검색해 봐야겠죠?

아니-요「감탄사」 윗사람이 묻는 말에 부정하여 대답할 때 쓰는 말.
• "이놈, 네가 유리창을 깨뜨렸지?"
  "아니요, 제가 안 그랬어요."
「준말」아뇨

사전에 이렇게 잘 설명되어 있네요. 대답할 때 쓰는 말은 '아니오'
가 아니라 '아니요'였어요. 준말로는 '아뇨'라고 쓸 수 있다는 것도
확인할 수 있었고요.

표기도 눈에 익어야 기억되기 때문에 글을 꼼꼼하게 읽고, 자기가
쓴 글을 교정해 보는 것만으로도 맞춤법 실력이 늘 수 있어요.

여기서는 평소에 사람들이 많이 헷갈려 하는 표기들을 정리해서
살펴볼게요. 자주 **틀리는 단어의 바른 표기**를 이번 기회에 확실히
알아 두면 앞으로 글을 쓰는 데에도 많은 도움이 될 거예요.

X	O	설명
곱배기	곱빼기	접미사 '-빼기'가 붙은 말이므로 '곱빼기'
구렛나루	구레나룻	규범 표기는 '구레나룻'. '나룻'이 수염이라는 뜻임.
구지	굳이	구개음화가 일어나더라도 '굳이'로 적음.
금새	금세	'금시에'의 준말이므로 '금세'
눈꼽	눈곱	'눈'과 '곱'의 합성어이므로 '눈곱'
눈쌀	눈살	'눈'과 '살'의 합성어이므로 '눈살'
댓가	대가	'곳간, 셋방, 숫자, 찻간, 툇간, 횟수' 외의 한자어는 사이시옷을 쓰지 않음.
되려	되레	규범 표기는 '되레'

X	O	설명
만두국	만둣국	순우리말과 한자어로 된 합성어로서 뒷말의 첫소리가 된소리로 나므로 사이시옷을 씀.
몇일	며칠	'몇일/몇 일'로 적는 경우는 없음.
설겆이	설거지	규범 표기는 '설거지'
설레임	설렘	규범 표기는 '설렘'
숫놈	수놈	'수컷'을 이르는 접두사는 '수-'이므로 '수놈'
쉽상	십상	'십상팔구'에서 나온 말이므로 '십상'
쑥맥	숙맥	'숙맥불변'에서 나온 말이므로 '숙맥'
아둥바둥	아등바등	규범 표기는 '아등바등'
애기	아기	규범 표기는 '아기'
어제밤	어젯밤	순우리말로 된 합성어로서 뒷말의 첫소리가 된소리로 나므로 사이시옷을 씀.
어짜피	어차피	규범 표기는 '어차피'(한자로 '於此彼')
오랫만	오랜만	'오래간만'의 준말이므로 '오랜만'
왠일	웬일	'어찌 된 일'의 뜻이므로 '웬일'
요세	요새	'요사이'의 준말이므로 '요새'
웅큼	움큼	규범 표기는 '움큼'
웬지	왠지	'왜인지'에서 줄어든 말이므로 '왠지'

X	O	설명
윗어른	웃어른	위, 아래 대립이 없는 단어는 '웃-'을 표준어로 함.
윗층	위층	뒷말의 첫소리가 거센소리이므로 사이시옷을 쓰지 않음.
전셋방	전세방	'곳간, 셋방, 숫자, 찻간, 툇간, 횟수' 외의 한자어는 사이시옷을 쓰지 않음.
짜투리	자투리	규범 표기는 '자투리'
짱아찌	장아찌	규범 표기는 '장아찌'
찌게	찌개	규범 표기는 '찌개'
촛점	초점	'곳간, 셋방, 숫자, 찻간, 툇간, 횟수' 외의 한자어는 사이시옷을 쓰지 않음.
해꼬지	해코지	규범 표기는 '해코지'
희안하다	희한하다	규범 표기는 '희한하다'(한자로 '稀罕-')
방방곳곳	방방곡곡	坊坊曲曲: 한 군데도 빠짐이 없는 모든 곳
일사분란	일사불란	一絲不亂: 질서가 정연하여 조금도 흐트러지지 아니함.
풍지박산	풍비박산	風飛雹散: 사방으로 날아 흩어짐.
홀홀단신	혈혈단신	孑孑單身: 의지할 곳이 없는 외로운 홀몸
환골탈퇴	환골탈태	換骨奪胎: 뼈대를 바꾸어 끼고 태를 바꾸어 씀.

이렇게 '규범 표기'가 정해져 있는 이유는 "비슷한 발음의 몇 형태가 쓰일 경우, 그 의미에 아무런 차이가 없고, 그중 하나가 더 널리 쓰이면, 그 한 형태만을 표준어로 삼는다."라는 '표준어 규정'이 있기 때문이에요. 표준어는 '더 널리' 쓰이느냐, 그렇지 않으냐가 기준이 되거든요. 하지만 한 가지 의미를 나타내는 형태 몇 가지가 '모두' 널리 쓰일 때는 그 모두를 표준어로 삼기도 해요. 그래서 생겨난 것이 '복수 표준어'예요.

표준어의 기준:

한 가지 의미를 나타내는 형태 몇 가지가 있을 때,

→ 그중 하나가 널리 쓰이면 그 한 형태를 표준어로 삼음

→ 모두 널리 쓰이면 그 모두를 표준어로 삼음=복수 표준어

다음 표에는 일상에서 자주 쓰이는 복수 표준어를 정리했으니 참고해 주세요.

〈복수 표준어〉 ※ 모두 바른 표기	
간질이다/간지럽히다	소고기/쇠고기
까다롭다/까탈스럽다	신/신발
나귀/당나귀	아무튼/어떻든/어쨌든/하여튼
날개/나래	알은척/알은체
넝쿨/덩굴	어수룩하다/어리숙하다
네/예	어제/어저께
노을/놀	여쭈다/여쭙다
눈꼬리/눈초리	예쁘다/이쁘다
눈대중/눈어림/눈짐작	옥수수/강냉이
늑장/늦장	외우다/외다
딴전/딴청	우레/천둥
딴죽/딴지	자장면/짜장면
만날/맨날	좀처럼/좀체
만큼/만치	주책이다/주책없다
모쪼록/아무쪼록	차지다/찰지다
보조개/볼우물	차차/차츰
삐치다/삐지다	-거리다/-대다
살쾡이/삵	-뜨리다/-트리다
서럽다/섧다	-이에요/-이어요

표기를 하나로 통일하면 표기에 관한 혼란이 줄어든다는 장점이 있어요. 만약 두 가지 표기가 널리 쓰인다면 억지로 하나로 통일하는 것보다 그 두 가지 모두를 표준어로 정하는 것이 합리적이라고 판단하게 된 거고요.

표준어는 이렇게 시간이 흐르면서 달라지고 있어요. 우리가 사용하는 어휘가 계속 바뀌기 때문이에요. 예를 들어 '이쁘다'는 원래 표준어가 아니었는데, '예쁘다'와 '이쁘다'가 다 같이 널리 쓰임에 따라 두 가지 모두를 표준어로 인정하게 되었어요.

이와 비슷한 사례는 활용형 중에도 있어요.

원래 '말다'를 명령형으로 쓸 때는 '(잊지) 마/마라'와 같이 써야 했어요. 그런데 이제는 '(잊지) 말아/말아라'와 같이 'ㄹ'을 탈락시키지 않고 쓰는 것도 인정하게 되었어요. 또 원래 '노랗다, 동그랗다, 조그맣다'를 어미 '-네'와 결합할 때는 'ㅎ'을 탈락시켜 '노라네, 동그라네, 조그마네'와 같이 써야 했어요. 하지만 지금은 '노랗네, 동그랗네, 조그맣네'와 같이 'ㅎ'을 탈락시키지 않고 쓰는 것도 인정된답니다.

헷갈리는 표현을 공부해야 하는 우리로서는 얼마나 다행스러운 일인지 모르겠네요. 지금 우리를 괴롭히고 있는 표현들이 몇 년 후에는 당당하게 표준어가 될 수 있을지도 모르죠. 만약 그 표현을 사람들 대부분이 그렇게 쓴다는 전제가 있다면요. 그렇다면 맞춤법 중에서 가장 조심해야 할 것은 다른 사람은 다 맞게 쓰는데 자기만 틀리게 쓰는 표현이 아닐까요? 그런 일이 없도록 조금 더 꼼꼼하게 살펴보도록 해요.

✏️ 틀리기 쉬운 접사를 살펴볼까요?

○ 부사에 붙는 '-이'와 '-히'

"사용한 물컵은 깨끗이 씻어 주세요."
"네, 여기 나란히 세워 둘게요."

접사인 '-이'와 '-히'는 부사를 만들어 주는 역할을 해요. '조용하다'의 '조용-'에 '-히'가 붙으면 부사 '조용히'가 만들어지지요.

'한글 맞춤법'에는 이런 조항이 있어요.

"부사의 끝음절이 분명히 '이'로만 나는 것은 '-이'로 적고, '히'로만 나거나 '이'나 '히'로 나는 것은 '-히'로 적는다."

예를 들어 '가까이'의 끝음절은 '이'로만 소리 나니까 '가까이'라고 적고, '특히'의 끝음절은 '히'로만 소리 나니까 '특히'라고 적는 거예요. 하지만 이와 비슷한 모든 부사를 정확하게 발음하는 것은 쉽지 않을 거예요. 당장 '솔직히', '꼼꼼히', '쓸쓸히'는 '이'나 '히' 두 가지로 소리 나는 부사의 예로 제시되고 있거든요. 그렇다면 '이'나 '히'를 발음으로 구분하여 적는 것은 현실적으로 어려운 일이 되겠죠? 따라서 '이'나 '히'가 붙는 부사는 단어마다 국어사전을 확인하는 것이 좋아요.

신문을 꼼꼼이 읽다.

→ 신문을 꼼꼼히 읽다.

대책을 곰곰히 궁리하다.

→ 대책을 곰곰이 궁리하다.

소파에 깊숙히 기대어 앉다.

→ 소파에 깊숙이 기대어 앉다.

그는 가족을 끔찍히 사랑한다.

→ 그는 가족을 끔찍이 사랑한다.

유리잔이 산산히 깨지다.

→ 유리잔이 산산이 깨지다.

단어를 틈틈히 공부하다.

→ 단어를 틈틈이 공부하다.

○ 피동·사동 접사의 결합

"친구들이랑 답 맞춰 봤어?"
"응, 다 맞혔더라!"

피동과 사동은 의미가 다르지만 형태가 비슷해서 표현을 헷갈리는 경우가 많아요. 피동과 사동이 뭔지 공부한 것 같긴 한데 잘 생각나지 않죠? 그러니 뜻을 외우기보다는 '쫓기다'는 피동, '웃기다'는 사동, 이렇게 단어로 기억해 두는 것이 더 나을 수도 있어요. '쫓기다'는 뒤따름을 당하는 거니까 피동이구나, '웃기다'는 남을 웃게 하는 거니까 사동이구나, 이렇게요.

피동 접사에는 '-이-, -히-, -리-, -기-'가 있고, 사동 접사에는 '-이-, -히-, -리-, -기-, -우-, -구-, -추-'가 있어요. 그런데 이 결합이 잘못되면 이상한 표현이 되어 버려요.

눈으로 덮힌 들판
⟶ 눈으로 덮인 들판
재산을 늘이다.
⟶ 재산을 늘리다.

입맛을 돋구다.

→ 입맛을 돋우다.

정답을 맞추다.

→ 정답을 맞히다.

부모의 반대에 부딪치다.

→ 부모의 반대에 부딪히다.

'덮다'의 피동사는 '덮이다'예요. '덮히다'라는 표현은 없답니다.

'늘이다'는 '길어지게 하다.'라는 뜻이라서 길이와 관련된 내용에만 써요. '늘다'의 사동사인 '늘리다'는 '넓이, 부피, 수, 분량, 능력, 시간' 등과 관련된 내용에 쓰고요. 그래서 "주차장 규모를 늘리다.", "학생 수를 늘리다.", "쉬는 시간을 늘리다."와 같이 다양하게 쓸 수 있어요.

'돋구다'는 '안경의 도수 따위를 더 높게 하다.'라는 뜻이에요. 따라서 '감정이나 기색을 생겨나게 하다.'나 '입맛을 당기게 하다.'의 뜻으로 쓸 때는 '돋다'의 사동사인 '돋우다'를 써야 해요.

'맞추다'는 '둘 이상의 일정한 대상들을 나란히 놓고 비교하여 살피다.'라는 뜻이에요. 그래서 친구와 자기의 답을 비교할 때는 '맞추다'를 써요. '맞히다'는 '맞다'의 사동사로 '문제에 대한 답을 틀리지 않게 하다.'라는 뜻이에요. 그래서 '정답을 맞게 하다.'라고 쓸 때는

'맞히다'를 써요.

   '부딪치다'는 '부딪다'를 강조하는 말이고, '부딪히다'는 '부딪다'의 피동사예요. 피동사는 동작을 당하는 거잖아요? 그래서 서로 충돌한 경우에는 '부딪치다'를 쓰고, 충돌을 당하는 경우에는 '부딪히다'를 써요.

✏️ 주의해야 하는 어미들이 있어요.

○ 이에요=예요

제 동생(이에요/이예요).

제 친구(에요/예요).

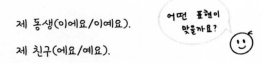

어떤 표현이
맞을까요?

서술격 조사 '이다'의 어간 '이-'에 어미 '-에요'가 결합하면 '이에요'가 되고, 줄어들면 '예요'가 돼요. 따라서 '이예요'는 잘못된 표기이고, '이에요'가 바른 표기랍니다. 그래서 "제 동생이에요."라고 쓰는 게 맞아요.

'친구'라는 체언 뒤에는 바로 어미 '-에요'가 올 수 없고 서술격 조사의 어간 '이-' 뒤에 '-에요'가 붙어요. 따라서 이때도 '이에요'라고 쓰는 것이 맞는데, 줄여서 '예요'라고 써요. 모음으로 끝난 체언 뒤에서는 '이에요'가 주로 '예요'로 줄어든 형태로 나타나거든요. 그래서 "제 친구예요."라고 쓰는 게 맞아요.

'이에요'가 이름 뒤에 붙을 때도 마찬가지예요.

유재석+이에요 ⟶ 유재석이에요.

재석이+이에요 ⟶ 재석이예요.

(이때 '−이'는 이름 뒤에 붙은 접사임)

명수+이에요 ⟶ 명수예요.

정리하면 이렇게 됩니다.

> 앞말이 자음(받침)으로 끝날 때는 '이에요', 받침 없이 모음으로 끝
> 날 때는 '예요'

그럼 '아니다'의 어간 '아니−'에 '−에요'가 붙을 때는 어떻게 될까요? '아니−'에 '−에요'가 연결되면 '아니에요'가 되고, 줄어들면 '아네요'가 돼요. 만약 '−어요'가 연결된다면 '아니어요(아녀요)'가 되겠지요. 따라서 '아니예요', '아니여요'는 틀린 표기라는 것을 기억해 두세요.

정리하면 이렇게 됩니다.

> 앞말에 받침이 있으면 '이에요', 받침이 없으면 '예요'
> 아니에요=아네요

○ '되-'+'-어'='돼'

전문가가 (되고/돼고) 싶다.

의사가 (됬다/됐다).

'한글 맞춤법'에서는 'ㅚ' 뒤에 '-어'가 결합하여 'ㅙ'로 줄어드는 경우, 'ㅙ'로 적는다고 규정하고 있어요. '되어'는 '돼'로, '되어서'는 '돼서'로 적는다는 거예요.

모든 게 생각대로 돼(←되어) 간다.

이렇게 만나게 돼서(←되어서) 반갑다.

어느덧 가을이 됐다(←되었다).

위 문장 중에 '되고'는 '되-'에 '-고'가 붙어 이루어진 말이에요. 따라서 '돼고'는 잘못된 표기예요.('-어고'라는 어미는 없어요.) '되었다'는 줄여서 '됐다'로 쓸 수 있지만 '됬다'는 잘못된 표기랍니다.

따라서 "전문가가 되고 싶다.", "의사가 됐다."가 바른 표기예요.

'되-' 뒤에 '-어'가 붙었을 때만 줄여서 '돼'로 쓴다는 것을 기억하고, '돼'가 맞는 표기인지 확인할 때는 '-어'를 넣어 보세요.

정리하면 이렇게 됩니다.

> '되-' 뒤에 '-어'가 붙었을 때만 줄여서 '돼'로 씀

○ '-대'와 '-데'

은서는 그 영화 보고 (울었대/울었데).

나도 그 영화를 보니 (슬프대/슬프데).

어떤 표현이
맞을까요?

:)

종결 어미 '-대'와 '-데'도 헷갈리는 표기 중 하나예요.

먼저 '-대'는 남이 말한 내용을 간접적으로 전달할 때 쓰여요. '-다(고) 해'가 줄어든 말이지요.

첫 번째 문장은 남이 말한 내용을 전달하는 것이므로 '울었대'라고 쓰는 것이 맞아요. 따라서 "은서는 그 영화 보고 울었대."라고 써야 해요. 이 문장은 "은서는 그 영화 보고 울었다고 해."라는 뜻이지요.

이와 달리 '-데'는 화자가 직접 경험한 사실을 나중에 보고하듯이 말할 때 쓰여요. '-데'는 '-더라'와 바꿔 쓸 수 있는, 회상을 나타내는 종결 어미이지요.

두 번째 문장은 화자가 경험한 사실을 전달하는 말이므로 '슬프데'라고 쓰는 것이 맞아요. 따라서 "나도 그 영화를 보니 슬프데."라고 써야 해요. 이 문장은 "나도 그 영화를 보니 슬프더라."라는 뜻이지요.

일상적으로는 '-데'보다 '-대'가 많이 쓰여요.

'-대'는 '-ㄴ대, -는대, -었대, -겠대' 등 여러 형태로 나타나고 "내일 비가 온대.", "동생도 왔었대.", "민수도 오겠대."와 같이 쓰여요.

'-데'는 화자가 과거에 직접 경험한 사실을 말하는 경우에만 쓰여요. '-더라'와 같은 의미이니 헷갈린다면 '-더라'와 바꿔 쓸 수 있는지 확인해 보세요.

정리하면 이렇게 됩니다.

> '-대'(='-다고 해')는 남의 말을 전달할 때 씀
> '-데'(='-더라')는 화자의 경험을 말할 때 씀

○ '거', '-ㄹ게', '-ㄹ걸'

> 내 (거/꺼)는 딸기 맛으로 부탁해.
>
> 그래, 딸기 맛으로 사 (올게/올께).

'거, 게, 걸'로 끝나는 말은 된소리로 발음하기가 쉬워 표기를 잘 못하는 사례가 많아요.

'거'는 '것'을 구어적으로 이르는 말이에요. 사전 설명에서 '구어'란 '글에서만 쓰는 말이 아닌, 일상적인 대화에서 쓰는 말'을 뜻해요. '거'는 의존 명사라서 앞말과 띄어 써야 해요. 조사 '이'가 붙으면 '게'로 바뀌지요. "그 책은 내 거야.", "지금 보고 있는 게 뭐야?"와 같이 쓸 수 있어요.

따라서 첫 번째 문장은 "내 거는 딸기 맛으로 부탁해."라고 써야 해요.

'-ㄹ게' 역시 일상 대화에서 많이 쓰는 말이에요. 어떤 행동에 대한 약속이나 의지를 나타내는 종결 어미이지요. "다시 연락할게.", "내가 먼저 갈게."와 같이 쓸 수 있어요.

따라서 두 번째 문장은 "그래, 딸기 맛으로 사 올게."라고 써야 해요.

'-ㄹ게'와 모양이 비슷한 어미로 '-ㄹ걸'도 있어요. 그렇게 했으면 좋았을 것이나 하지 않은 어떤 일에 대해 가벼운 뉘우침이나 아쉬움을 나타낼 때 쓰여요. "미리 숙제해 둘걸.", "내가 먼저 사과할걸."과 같이 쓰이지요. 또 '-ㄹ걸'은 화자의 추측이 상대편이 이미 알고 있는 바나 기대와는 다른 것임을 나타낼 때도 쓰여요. "내가 너보다 키가 더 클걸.", "선생님은 댁에 계실걸."처럼 쓰이지요. 이 어미도 '~껄'이라고 쓰지 않도록 주의해야 해요.

그리고 '-ㄹ게, -ㄹ걸'은 이 형태 자체로 하나의 어미이기 때문에 띄어 쓰지 않도록 조심해야 해요. 띄어쓰기 항목에서도 설명했듯이 의존 명사는 띄어 쓰고, 어미는 붙여 써요. 의존 명사는 자립성이 있지만 어미는 자립성이 없거든요.

선생님은 댁에 계실 거야. → 의존 명사 '거'이므로 띄어 씀
선생님은 댁에 계실걸. → 종결 어미 '-ㄹ걸'이므로 붙여 씀

정리하면 이렇게 됩니다.

'거, -ㄹ게, -ㄹ걸'은 '꺼, -ㄹ께, -ㄹ껄'로 적지 않음
의존 명사 '거'는 띄어 쓰고, 어미 '-ㄹ게, -ㄹ걸'은 붙여 씀

☼

4. 일관성을 지켜야 할 표기들을 확인하세요.

4. 일관성을 지켜야 할 표기들을 확인하세요.

"다 내 이름이라고?"

카롤루스

카를

찰스

샤를마뉴

　일관성이란 하나의 방법이나 태도로써 처음부터 끝까지 한결같은 성질을 말해요. 쉽게 말하면 글을 쓸 때 처음부터 끝까지 표현을 통일하는 것을 뜻하죠. 무슨 표현이든 다 통일해야 하는 것은 아니고요, 특정한 표현이 계속 나온다면 이것을 통일하는 것이 좋다는 의미예요. 그렇게 해야 글이 정돈되어 보이고, 독자들도 이해하기가 쉽거든요.

　사람 이름을 예를 들어 말해 볼게요. 세계사 시간에 배운 인물 중에서 저를 혼란스럽게 했던 사람은 서로마 제국의 황제 카롤루스

(Carolus) 대제였어요. 표기가 여러 가지여서 서로 다른 사람인 줄 알았거든요.

나중에 알고 보니 같은 사람의 이름을 카를(Karl), 샤를마뉴(Charlemagne), 찰스(Charles)라고 다 다르게 표기했더라고요. 그래서 역사적 인물이라면 다른 언어로 된 이름도 참고할 수 있게 적어 주면 좋겠다고 생각하게 되었지요.

글을 쓸 때 이렇게 일관성을 지켜야 할 여러 가지 항목이 있어요. 그중에서 외래어가 가장 중요하고, 그 밖에 글의 체계나 표현 방식, 문장 부호 등을 들 수 있어요. 여기서는 '외래어 표기법'과 그 밖의 표현 방식들을 어떻게 맞추어 나가야 할지 말씀드릴게요.

✎ 외래어를 쓸 때도 확인이 필요해요.

외래어는 외국에서 들어온 말로 국어에서 널리 쓰이는 단어를 말해요. '버스, 컴퓨터, 피아노' 등이 있죠. 그런데 이렇게 널리 쓰이는 말은 표준국어대사전에서도 찾을 수 있기 때문에 단어의 표기법을 우리가 새삼스럽게 고민할 필요는 없어요. 오히려 새롭게 들어온 말이나 사람 이름 같은 것이 우리를 고민하게 하죠.

앞에서 카롤루스 대제의 예를 들었지요? 만약 이렇게 유명한 인물이 아니라면 어떨까요? 운동 경기와 관련된 글을 새롭게 쓴다고 가정해 볼까요? 처음 보는 외국 운동선수를 언급하고 싶은데 이름이 낯설어요. 한글로는 어떻게 적어야 할까요?

"좋아! 나는 현지 발음을 잘 아니까 내가 발음하는 대로 쓰면 되겠지?" 하고 마음대로 쓰는 것은 사실 바람직하지 못해요. 그 사람 이름을 다른 사람들도 쓸 텐데, 표기 방식이 여러 가지로 뒤섞인다면 독자들은 혼란스러울 수 있어요. 내가 다른 사람 글을 봐도 이해할 수 없고, 다른 사람이 내 글을 봐도 이해할 수 없을 거예요. 이럴때 사람들이 공통으로 따라야 하는 것이 '외래어 표기법'이에요.

우선 '외래어 표기법'의 기본 원칙 다섯 가지를 살펴볼게요.

제1항 외래어는 국어의 현용 24 자모만으로 적는다.

제2항 외래어의 1 음운은 원칙적으로 1 기호로 적는다.

제3항 받침에는 'ㄱ, ㄴ, ㄹ, ㅁ, ㅂ, ㅅ, ㅇ'만을 쓴다.

제4항 파열음 표기에는 된소리를 쓰지 않는 것을 원칙으로 한다.

제5항 이미 굳어진 외래어는 관용을 존중하되, 그 범위와 용례는 따로 정한다.

제1항에서 제4항은 어떻게 보면 연결되는 내용일 수도 있어요. 다른 나라의 언어를 최대한 우리말 표기 방식에 가깝게 적는다는 거예요.

제1항은 외래어 표기를 위해서 새로운 문자나 부호를 추가하지 않고, 최대한 우리말 표기 방식 내에서 적는다는 뜻이에요.

제2항은 우리말 표기와 마찬가지로 하나의 음운을 하나의 기호로 적는다는 거지요. 예외가 있을 수도 있지만 표기의 혼란을 최대한 줄이기 위한 원칙이에요.

제3항은 받침 표기에 관한 규정이에요. 이 규정을 보면서 "왜 받

침을 저것밖에 못 쓴다는 거지?"라고 걱정할 필요는 없어요. 어차피 우리말에서 받침으로 나는 소리는 현실적으로 저 일곱 가지밖에 없거든요. (음절의 끝소리 규칙이라는 게 있는데 혹시 기억나시나요? 단, 받침이 [ㄷ]으로 발음되는 것만 편의를 위해서 'ㅅ'으로 표기해요.)

제4항도 우리말 표기 방식과 연결되어 있어요. 우리말에서도 된소리로 발음된다고 해서 이를 모두 표기에 반영하는 것은 아니거든요. ('김밥'을 '김빱'이라고 쓰지는 않죠.) 게다가 외국어의 해당 발음이 된소리인지 거센소리인지 일일이 구분하는 것은 절대 쉬운 일이 아니에요. 우리말 파열음인 'ㄱ, ㅋ, ㄲ', 'ㄷ, ㅌ, ㄸ', 'ㅂ, ㅍ, ㅃ'의 구분을 외국인들이 어려워하는 것과 마찬가지랍니다. (영어 사용자가 '미국'을 '미쿡'이라고 발음하는 것을 들으신 적 있을 거예요.) 심지어 우리는 'ㅂ' 발음이라고 생각하고 말하던 '부산'의 'ㅂ'이 실제로는 [p] 발음이라고 해서 '부산'의 표기는 지금도 'Busan', 'Pusan' 두 가지가 혼재되어 쓰이는 상황이에요. (현행 규정에 따른 표기는 'Busan'이 맞아요.)

만약 외국어의 발음에 더 가까운 쪽으로 된소리나 거센소리를 구분하여 적어야 한다면, 그때마다 음운론적으로 조사를 해야 할 텐데 이것은 현실적으로 불가능한 일일 거예요. 결국 파열음 표기를 제한해서 쓰는 것도 표기의 혼란을 줄이기 위한 원칙이랍니다.

이렇게 결정된 내용에 따라 표기 일람표를 제시하고 있는데, '국제 음성 기호와 한글 대조표'에서도 된소리는 나타나지 않아요. 단, 예외적인 언어가 있는데 바로 타이어와 베트남어예요. 이들 국가의 언어에서는 된소리로 의미를 구별하여 쓰기 때문에 된소리 표기를 일부 인정하고 있어요. 거센소리를 쓰는 것만으로는 변별성이 부족하기 때문에 된소리까지 추가해서 쓰는 거죠.

제5항은 이미 굳어진 외래어는 그대로 표기한다는 내용이에요. 다양한 경로를 통해 들어온 외래어를 특정한 원칙만으로 일관하여 적기는 어려우므로, 관용대로 적도록 하자는 규정이지요. 게다가 현행 '외래어 표기법'은 1986년에 만들어졌기 때문에 그렇게 오래된 규정이 아니에요. 그 이전부터 쓰여 오던 말들을 표기법에 맞게 모두 고치기에는 부담이 너무 큰 것이 현실이죠. 그래서 특히 영어권의 외래어는 관용을 존중하는 사례가 많아요.

예를 들어 바닷가재인 'lobster'는 규정에 따른 표기가 '로브스터'예요. 하지만 사람들에게는 많이 써서 굳어진 표현인 '랍스터'가 더 익숙하기 때문에 이 두 가지 표현 모두 표준어로 인정하게 되었어요. 여기서 '랍스터'는 관용을 존중한 사례가 되는 거죠. 그 외의 개별적인 용례가 더 궁금하다면 국립국어원 홈페이지의 '어문 규범' 속 '용례 찾기' 메뉴에서 확인할 수 있어요. * 표가 붙어 있는 것은 관용어라는 표시랍니다.

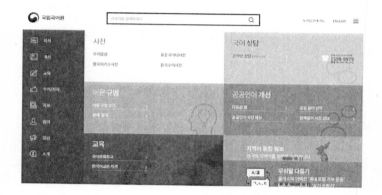

○ 출처: 국립국어원 홈페이지-https://www.korean.go.kr/

국어에서 널리 쓰여 표준국어대사전에 등재된 단어는 맞춤법에
맞게 표기할 필요가 있어요. '이미 굳어진 외래어'이기 때문이지요.

사람들이 많이 헷갈려 하는 외래어 표기를 정리해 보았으니 참고
해 주세요.

X	O	X	O
가디건	카디건	까페	카페
가스렌지, 까스렌지	가스레인지	나레이션	내레이션

X	O	X	O
데스크탑	데스크톱	오리지날	오리지널
도너츠, 도나스	도넛	워크샵	워크숍
로보트	로봇	자켓	재킷
로케트	로켓	쥬스	주스
리더쉽	리더십	초콜렛, 초컬릿	초콜릿
링겔, 닝겔, 링게르	링거	카페트	카펫
매니아	마니아	캐롤	캐럴
메세지	메시지	카라멜, 캬라멜	캐러멜
바베큐	바비큐	커피샵, 커피숖	커피숍
부페	뷔페	케익, 케잌	케이크
샌달	샌들	케찹, 케찪	케첩
쇼파	소파	쿵푸	쿵후
수퍼마켓	슈퍼마켓	타겟, 타게트	타깃
스폰지	스펀지	타올	타월
스프	수프	탑	톱
악세사리	액세서리	테입	테이프
에어콘	에어컨	플랜카드, 플랭카드	플래카드

이렇게 표준국어대사전에 등재된 단어가 아니라면 '외래어 표기법'의 규정을 참고해서 적어야 해요.

국립국어원 홈페이지에는 '국제 음성 기호와 한글 대조표' 외에도 에스파냐어, 이탈리아어, 일본어, 중국어 등의 '표기 일람표'가 나와 있어요. '표기 세칙'에서는 상세한 세부 규정을 확인할 수 있고요. 또 인명, 지명 표기의 원칙도 따로 제시되어 있어요.

따라서 다른 나라의 언어로 된 말을 우리글로 옮겨 적어야 한다면 이들 규정을 참고해서 적어야 해요.

예를 들어 'Andrew'라는 사람이 있다고 할 때, 이름을 한글로 어떻게 표기해야 하는지 알아볼까요?

◌ 출처: 표준국어대사전 홈페이지-https://stdict.korean.go.kr

표준국어대사전에 '앤드루', '앤드류' 등을 써넣어 봐도 아무것도 나오지 않네요. 그럼 국립국어원 홈페이지의 '어문 규범' 속 '용례 찾기' 메뉴로 들어가서 '찾을 대상'에 'Andrew'를 입력해 보세요.

○ 출처: 국립국어원 홈페이지-https://www.korean.go.kr/

'앤드루'라고 된 몇 개의 항목이 나오네요. 표기 용례를 확인했으니 '앤드루'라고 적으면 되겠어요.

그런데 만약 용례에 이 이름이 안 나온다면 어떻게 해야 할까요?

먼저 일반 검색창이나 사전에 'Andrew'를 입력해서 정확한 발음을 찾아야 해요. 미국·영국 이름이라고 나오니까 발음인 [ǽndruː]를 '국제 음성 기호와 한글 대조표'와 비교하면 되겠네요.

☆ 국제 음성 기호와 한글 대조표

자음			반모음		모음	
국제 음성 기호	한글		국제 음성 기호	한글	국제 음성 기호	한글
	모음 앞	자음 앞 또는 어말				
p	ㅍ	ㅂ, 프	j	이*	i	이
b	ㅂ	브	ɥ	위	y	위
t	ㅌ	ㅅ, 트	w	오, 우*	e	에
d	ㄷ	드			ø	외
k	ㅋ	ㄱ, 크			ɛ	에
g	ㄱ	그			ɛ̃	앵
f	ㅍ	프			œ	외
v	ㅂ	브			œ̃	욍
θ	ㅅ	스			æ	애
ð	ㄷ	드			a	아
s	ㅅ	스			ɑ	아
z	ㅈ	즈			ɑ̃	앙
ʃ	시	슈, 시			ʌ	어
ʒ	ㅈ	지			ɔ	오
ʦ	ㅊ	츠			ɔ̃	옹

ʥ	ㅈ	즈			o	오
ʧ	ㅊ	치			u	우
ʤ	ㅈ	지			ə**	어
m	ㅁ	ㅁ			ɚ	어
n	ㄴ	ㄴ				
ɲ	니*	뉴				
ŋ	ㅇ	ㅇ				
l	ㄹ, ㄹㄹ	ㄹ				
r	ㄹ	르				
h	ㅎ	흐				
ç	ㅎ	히				
x	ㅎ	흐				

* [j], [w]의 '이'와 '오, 우', 그리고 [ɲ]의 '니'는 모음과 결합할 때 제3장
표기 세칙에 따른다.

** 독일어의 경우에는 '에', 프랑스어의 경우에는 '으'로 적는다.

○ 사이트 참조 – http://kornorms.korean.go.kr/

발음의 음성 기호 [ǽndruː]와 한글 자음, 모음을 하나하나 대조해 봐야 해요. '애'에 받침 'ㄴ'을 넣고, 자음 앞이니 '드'를 넣고, 'ㄹ'과 모음 '우'를 합치면 마찬가지로 '앤드루'가 되네요.

현재 20가지 정도의 언어는 표기 세칙이 마련되어 있는 상태예요. 한글로 표기하려는 언어가 여기에 해당한다면 표기 일람표와 표기 세칙을 참고해서 적으면 돼요. 만약 한글로 표기하려는 언어가 여기에 해당하지 않는다 해도 그 발음을 확인해서 '국제 음성 기호와 한글 대조표'에 맞게 바꾸어 적으면 된답니다.

외국의 인명이나 지명 표기에 관해 좀 더 살펴볼게요. 과거와 기준이 조금 달라진 부분도 있기 때문에 알고 있는 대로 쓰기보다는 확인하고 쓰는 것이 좋아요.

표기 세칙이 없는 언어권의 인명, 지명은 원지음(원래의 지역에서 사용되는 음)을 따르는 것을 원칙으로 해요. 'Gandhi → 간디', 'Ankara → 앙카라'처럼요. 오래 써 오던 이름은 원지 발음과 상관없이 관용을 따르기도 하지요. 'Caesar → 시저', 'Pacific Ocean → 태평양'을 예로 들 수 있어요.

중국 인명은 과거인과 현대인을 구분하여 과거인은 종전의 한자음대로 표기하고, 현대인은 원칙적으로 중국어 표기법에 따라 표기

해요. 필요한 경우 한자를 병기하고요.

또, 중국의 역사 지명으로서 현재 쓰이지 않는 것은 우리 한자음 대로 표기하고, 현재 지명과 동일한 것은 중국어 표기법에 따라 표기해요. 그러니까 원칙적으로는 '북경'이 아니라 '베이징[北京]'이 맞는 거죠. 그런데 이런 지명을 모두 새롭게 바꾸어 쓰기는 어렵기 때문에 중국 및 일본의 지명 가운데 한국 한자음으로 읽는 관용이 있는 것은 이를 허용해요.

☑ 예시

上海 ⟶ 상하이, 상해

黃河 ⟶ 황허, 황하

東京 ⟶ 도쿄, 동경

그리고 2017년 이전에는 '해', '섬', '강', '산' 등이 외래어에 붙을 때는 띄어 썼거든요. 우리말에 붙을 때만 붙여 쓰고요. 그런데 이 조항이 삭제되었어요. 그러니까 예전에는 '발트 해, 발리 섬, 나일 강, 에베레스트 산' 이렇게 띄어 썼는데, 이제 '발트해, 발리섬, 나일강, 에베레스트산' 이렇게 붙여 쓰는 거죠. 이때 바뀐 항목은 다음과 같아요.

가(街), 강(江), 고원(高原), 곶(串), 관(關), 궁(宮), 만(灣), 반도
(半島), 부(府), 사(寺), 산(山), 산맥(山脈), 섬, 성(城), 성(省), 어
(語), 왕(王), 요(窯), 인(人), 족(族), 주(州), 주(洲), 평야(平野), 해
(海), 현(縣), 호(湖) (총 26 항목)

이런 말들은 외래어 구분 없이 일관되게 붙여 쓰면 된답니다. 그
리고 혹시나 지명에 산맥, 산, 강 등의 뜻이 들어 있더라도 '산맥',
'산', '강' 등을 겹쳐 적으면 돼요.

사례를 좀 더 살펴볼게요.

☑ 예시

양쯔강	주장강
미시시피강	리오그란데강
온타케산	몽블랑산
몬테로사산	킬리만자로산
우랄산맥	알프스산맥
데칸고원	티베트고원
코르시카섬	도카치평야
아라비아해	카리브해

그리고 국립국어원에서 한글 표기에 혼란이 많은 지명 20개를 선정해서 제시한 목록이 있으니 아래 지명들을 참고해서 사용해 주세요.

국가	지명 (원어 표기)	지명 (표기 실태)	지명 (규범 표기)
러시아	Vladivostok	블라디보스톡	블라디보스토크
말레이시아	Kuala Lumpur	쿠알라룸프 /콸라룸푸르	쿠알라룸푸르
미국	Las Vegas	라스베가스	라스베이거스
미국	Grand Canyon	그랜드캐년	그랜드캐니언
미국	Manhattan	맨하탄	맨해튼
베트남	Ho Chi Minh	호치민	호찌민
베트남	Nha Trang	나트랑	냐짱
스위스	Zürich	쮜리히	취리히
스페인	Cordoba	꼬르도바	코르도바
싱가포르	Singapore	싱가폴	싱가포르
오스트레일리아	Melbourne	멜번/맬번	멜버른
오스트리아	Salzburg	짤쯔부르크	잘츠부르크
이탈리아	Sorrento	쏘렌토	소렌토
일본	きゅうしゅう	큐슈	규슈

국가	지명 (원어 표기)	지명 (표기 실태)	지명 (규범 표기)
일본	さっぽろ	삿보로	삿포로
중국	Tibet	티벳	티베트
캄보디아	Angkor Wat	앙코르왓	앙코르와트
타이	Phuket	푸켓	푸껫
타이완	高雄Gāoxióng	까오슝/카오슝	가오슝
프랑스	Montmartre	몽마르뜨 /몽마르트	몽마르트르

✏ 표현의 일관성도 중요해요.

    한 권의 책을 여러 명의 편집자가 교정 볼 때 꼭 나누어 가지는 것이 있어요. 디자인과 서체 정보, 전체 체재와 세부 구성 요소, 각 요소별 서술 방식, 문장 부호 등을 정리한 서류예요. 이런 정보들이 필요한 이유는 책에서 전체적인 체계와 통일성을 지키는 것이 중요하기 때문이에요. 분량이 많지 않은 수필집이라면 소제목의 형식 정도만 통일해도 되겠지만, 두꺼운 수험서라고 가정한다면 문제는 달라져요.

    '1, 2, 3…'으로 표시되던 체계가 '가, 나, 다…'로 표시되면 독자들은 이것이 같은 체계라고 인식하기 어려울 거예요. 비슷한 내용을 설명하는데, 서술 방식이 완전히 다르다면 이때도 독자들은 혼란스러울 거예요. 어떻게 보면 사소해 보일 수 있는 문장 부호조차도 문제를 일으킬 수 있어요. 한 사람은 책의 제목을 겹낫표(『 』)로 표시했는데, 다른 사람은 큰따옴표(" ")로 표시할 수 있겠죠? 둘 다 사용할 수 있는 부호니까요. 그런데 겹낫표(『 』)로 표시된 책 제목을 보던 독자들이 큰따옴표(" ")로 표시된 내용을 보면, 이것이 책의 제목인지 인용문인지 알 수 없을 거예요. 큰따옴표는 말이나 글을 직접 인용할 때도 사용하거든요.

이처럼 편집을 할 때 반드시 지켜야 할 것 중 하나는 표기의 일관
성이에요.

한 권의 책이나 한 편의 글을 쓴다고 할 때 내용의 흐름은 계속
달라지겠지만 표현과 표기는 일관성을 갖추어야 해요.

예를 들어 글쓴이를 지칭할 때, '필자'라고 할 수도 있지만 '나'라
고 할 수도 있고, '저'라고 할 수도 있죠. 여러 가지 표현이 마구 쓰이
면 독자는 헷갈릴 수밖에 없어요. 그래서 등장인물이나 사물을 지칭
할 때도 이름이나 부르는 방식을 똑같이 맞춰 주는 것이 좋아요. (물
론 파격적인 글을 구상하고 계신다면 그 무엇도 꼭 지켜야 할 필요
는 없답니다.)

표기의 일관성에서 실수하기 쉬운 것 중 하나가 인명이나 지명,
전문 용어예요.

'산티아고 순례'에 관한 여행기를 글로 쓴다고 가정해 볼까요?

'산티아고'는 성 야고보를 칭하는 스페인식 이름인데, 영어로는
세인트 제임스, 프랑스어로는 생 자크라고 부른다고 해요. 이렇게
한 사람을 부르는 명칭이 여러 가지인 경우 반드시 하나로 통일해
주어야 해요.

또 이 순례를 위한 길은 스페인에 있는데, 나라 이름을 스페인이라고도 부르고, 에스파냐라고도 불러요. 이 나라에서 쓰는 언어는 스페인어라고도 하고, 에스파냐어라고도 하지요. 하나의 글 안에서는 물론 이 명칭들을 통일해 주어야겠죠?

그리고 '순렛길'이라는 말을 쓰고 싶다면 이 표기도 대략적으로 맞추어 주는 것이 좋아요. '순례길', '순렛길', '순례 길', '순례자 길', 또는 '카미노(길 또는 순렛길을 뜻하는 스페인어)'와 같이 표현이 계속 달라진다면 독자들은 혼란스러울 거예요.

원어를 표기하는 방식도 마찬가지예요. 인명이나 지명, 전문 용어를 쓸 때는 원어를 함께 표기하는 경우가 많아요. 그리고 이때 사용하기로 약속된 기호는 소괄호예요. '산티아고(Santiago)'나 'Santiago(산티아고)'처럼 쓸 수 있어요. 만약 '산티아고(Santiago)'처럼 쓰기로 결정했다면 그 뒤로도 계속 같은 형식으로 쓰는 것이 바람직해요. 다른 지명이 나올 때마다 'Madrid', 'Madrid(마드리드)'처럼 형식이 계속 달라진다면 글이 정돈된 느낌을 주지는 못할 거예요.

2장 '띄어쓰기를 확인하세요' 부분에서 성명 외의 고유 명사나 전문 용어는 붙여 쓸 수도 있다는 것을 말씀드렸지요? 그에 따라 붙여 쓴 단어들이 있다면 이 방식도 일관성을 유지하는 것이 좋아요. '한

국중학교'는 붙여 쓰고 '미래 중학교'는 띄어 쓴다거나, '자음동화'는 붙여 쓰고 '모음 동화'는 띄어 쓰는 식의 표기는 아무래도 어색해 보일 거예요.

보조 용언의 띄어쓰기도 이와 비슷해요. 보조 용언은 각자가 정하는 대로 붙여 쓸 수도 있고 띄어 쓸 수도 있어요. 그렇지만 하나의 글에서 이리저리 바뀌는 띄어쓰기는 바람직하지 못해요. 예를 들어 '보다'는 흔히 많이 쓰이는 보조 용언인데 '읽어 보다, 먹어 보다, 들어 보다, 입어 보다' 등의 여러 표현에서 아무렇게나 붙여 썼다 띄어 썼다 하는 것은 일관성에 어긋나요. 보조 용언에는 '보다' 외에도 '주다, 내다, 두다, 오다, 가다, 놓다, 버리다' 등이 있어요. 글을 쓸 때 이 보조 용언들을 일괄적으로 붙여 쓸지, 띄어 쓸지 정해 놓으면 쓰는 사람의 마음도 편하고 실수도 줄일 수 있답니다.

문장 부호도 일관성을 지켜야 할 대상이에요. 책의 제목이나 작품의 이름을 나타낼 때 쓸 수 있는 문장 부호가 몇 가지 있기 때문에 이것도 통일하는 것이 좋답니다.

우선 책의 제목이나 신문 이름 등을 나타낼 때는 겹낫표(『 』)와 겹화살괄호(《 》), 큰따옴표(" ")를 쓸 수 있어요.

『훈민정음』

《독립신문》

"하늘과 바람과 별과 시"

소제목, 그림이나 노래와 같은 예술 작품의 제목, 상호, 법률, 규정 등을 나타낼 때는 홑낫표(「 」)와 홑화살괄호(〈 〉), 작은따옴표(' ')를 쓸 수 있어요.

「서문」

〈자화상〉

'한글 맞춤법'

만약 하나의 글 안에서 책이나 신문, 작품의 제목을 계속 써야 하는 상황이라면 마음에 드는 부호 한 가지를 정해 놓고 쓰는 것이 좋겠지요.

숫자 표기는 일관성 문제보다는 실수로 인한 오기나 누락의 문제가 많이 나타나요. 한글 표현에서도 물론 오타가 없어야 하겠지만 오타 하나 때문에 뜻이 크게 달라지는 일은 잘 없거든요. 하지만 숫자는 '0'을 하나 더 넣거나 빼 버리면 단위 자체가 달라지기 때문에 실수가 더 크게 다가오는 경우가 많아요.

연도나 날짜, 시간, 거리, 수량, 무게, 부피 등의 숫자 표기도 주의해야 해요. 이러한 숫자를 잘못 기입한다면 글의 사실성이나 정확성에 문제가 제기될 수도 있답니다.

만약 글을 쓸 때 항목별로 번호(1, 2, 3…)나 기호(ㄱ, ㄴ, ㄷ…)를 붙였다면 마지막에 순서대로 꼭 확인해 보세요. 글을 쓰다가 자기도 모르게 누락된 번호나 기호가 있을지도 모르니까요.

글 앞부분에 차례(목차)가 제시된 글이라면 차례에 나온 항목과 글 속에 나온 항목이 일치하는지도 꼭 점검해 보아야 해요. 어느 한쪽을 고치고 나머지를 그대로 두는 것도 많이 하는 실수 중 하나랍니다.

☺

☼

5. 문장 부호를 확인하세요.

5. 문장 부호를 확인하세요.

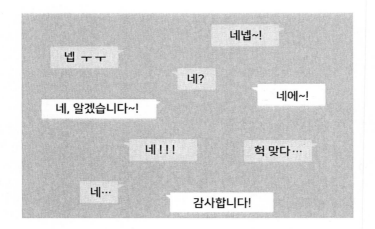

직장인들이 가장 많이 사용하는 말이 "네."라는 조사 결과가 있었어요.

"네." "네?" "네!" "네···" "네~"

같은 대답인데도 뒤에 붙는 부호에 따라 어감의 차이가 있다는 것이 느껴지시죠? 여기서 '.', '?', '!' 같은 부호들을 문장 부호라고 해요. 문장 부호는 글에서 문장의 구조를 드러내거나 글쓴이의 의도를 전달하는 역할을 해요.

문장 부호에는 문장의 끝에 쓰는 마침표(.), 물음표(?), 느낌표(!)도 있고, 문장의 중간에 쓰는 쉼표(,), 가운뎃점(·), 쌍점(:), 빗금(/)도 있어요. 또, 대화를 표시하거나 인용할 때 쓰는 큰따옴표(" "), 작은따옴표(' ')도 있지요.

 수학식에 사용하는 '+, -' 등의 기호처럼 문장 부호도 의도나 의미에 따라 정해진 쓰임이 있기 때문에 그에 맞게 사용해야 해요. 마침표를 써야 할 자리에 쉼표를 쓰면, 독자는 문장이 끝나지 않고 이어진다고 생각할 거예요. 또, 대화 내용을 쓴 문장에 작은따옴표를 쓰면, 독자는 이 말을 마음속으로 한 말로 받아들일 거예요. 따라서 글의 내용을 효율적으로 전달하기 위해서는 문장 부호를 적절하게 사용할 필요가 있어요.

 여기서는 문장 부호의 쓰임과 올바른 사용 방법을 알아보겠습니다.

✎ 문장의 끝에 쓰는 마침표, 물음표, 느낌표

○ 마침표(.)

마침표는 서술·명령·청유 등을 나타내는 문장의 끝에 써요.

문장은 크게 평서문, 청유문, 명령문, 의문문, 감탄문 등으로 나눌 수 있어요. 그중에서 일반적인 서술에 해당하는 평서문을 비롯해서 청유문(행동을 요청하는 문장)과 명령문(무엇을 시키거나 요구하는 문장)의 끝에는 마침표를 써요.

나는 집에 간다. (평서문)

같이 집에 가자. (청유문)

얼른 집에 가.　　(명령문)

문장이 명사나 조사로 끝나더라도 끝에는 마침표를 쓰는 것이 원칙이에요. 마침표를 씀으로써 비로소 문장이 완성되기 때문이지요.

"너 어디 가?"

"학교에. 넌 어디 가?"

"도서관."

물론 모든 문장에 마침표를 써야 하는 것은 아니에요. '것'으로 끝나는 문장이나 명사형으로 끝나는 문장은 마침표를 쓰지 않는 것도 허용하거든요.

> 해야 할 일을 오늘 끝낼 것
> 내일까지 과제를 제출해야 함

위와 같은 문장들은 마침표를 써도 되고, 안 써도 되기 때문에, 마침표의 사용 여부를 글쓴이가 임의로 결정할 수 있어요. 그런데 하나의 글에서 이와 비슷한 사례가 반복된다면 통일성은 지켜 주는 것이 좋아요. 그래야 글이 더 정돈된 느낌이 든답니다.

그런데 마침표를 쓰지 않는 것이 원칙인 문장이 있어요. 제목이나 표어가 이에 해당해요.

> 차라투스트라는 이렇게 말했다
> 꺼진 불도 다시 보자

단, 제목이나 표어에서도 꼭 필요하다고 판단될 때는 예외적으로 마침표를 쓸 수 있어요.

나는 《차라투스트라는 그렇게 말했다. 나는 이렇게 말했다.》라는 책을 쓰려고 한다.

교실에는 "켜진 불은 조심하자. 꺼진 불은 다시 보자."라고 쓴 표어가 붙어 있었다.

제목이나 표어라도 이렇게 문장이 둘 이상 이어질 때는 앞에 나오는 문장의 끝에 마침표를 써야 해요. 그래서 뒤에 나오는 문장에도 마침표를 쓰는 것이 자연스러워요.

마침표는 글의 체계를 나타내는 항목에서도 쓰여요. 글의 체계를 구분하는 항목을 장, 절, 항이라고 부르는데, 이러한 항목을 표시하는 문자나 숫자 다음에는 마침표를 쓰는 것이 원칙이에요.

Ⅱ. 본론
　　1. 문장 부호
　　　　ㄱ. 마침표

'가-1. 문장 부호', '1.1. 문장 부호'처럼 문자나 숫자를 붙임표(-)나 마침표 등으로 연결하여 하위 항목을 표시할 때도 마침표를 붙여 주면 돼요. 그렇지만 (ㄱ), (1)처럼 문자나 숫자를 괄호에 넣어 나타낼 때는 마침표를 붙이지 않는 것이 바른 표기예요.

마침표는 또 날짜를 표시할 때도 써요.

1919년 3월 1일 ⟶ 1919. 3. 1.
6월 2일~7월 12일 ⟶ 6. 2.~7. 12.

'1945년 8월 15일'은 한글로 쓰인 '년, 월, 일'을 각각 마침표로 대신하여 '1945. 8. 15.'와 같이 쓸 수 있어요. 흔히 '일'을 나타내는 마침표를 생략하기도 하는데, 이는 글자로 치면 '일'을 쓰지 않은 것과 같기 때문에 잘못된 표기예요. 즉, '1945. 8. 15'는 '1945년 8월 15'처럼 쓰다 만 것이나 마찬가지가 되니, 마지막 마침표도 잊지 말고 써야 해요.

그럼 역사적인 날이나 기념일 등 특정한 의미가 있는 날짜를 표시할 때는 어떤 부호를 쓰는 것이 맞을까요?

이때는 원래 가운뎃점을 쓰는 것이 원칙이었어요. '3·1 운동', '8·15 광복'처럼요. 하지만 몇 가지 이유 때문에 마침표를 쓰는 것이 원칙으로 바뀌었어요. 실제 언어생활에서 마침표가 널리 쓰이고 있고, 연월일을 표시할 때에도 마침표를 쓰며, 컴퓨터 자판으로 입력하는 데에도 마침표가 편리하다는 점 등이 고려되었다고 해요. 그래서 마침표를 원칙으로 하고, 가운뎃점도 허용하는 식으로 바뀌게 되었답니다.

그래서 원칙은 '3.1 운동', '8.15 광복'과 같이 쓰는 것이 맞고, '3·1 운동', '8·15 광복'처럼 쓸 수도 있어요. 그리고 이러한 명칭을 한글로 쓸 때는 마침표나 가운뎃점을 쓰지 않고, 오로지 한글로 '삼일 운동', '팔일오 광복'과 같이 써요.

문장 부호 규정은 2015년에 개정되었는데, 현실적인 쓰임을 최대한 반영하면서 종전 규정대로 문장 부호를 사용하더라도 틀리는 일은 없도록 하고 있어요. 개정에 따른 사용자의 혼란을 최소화하기 위해서이지요.

○ 물음표(?)

물음표는 의문문이나 의문을 나타내는 어구의 끝에 써요. 전형적인 문장 형식을 갖추지 않았더라도 의문을 나타낸다면 그 끝에 물음표를 써요.

　　언제 갈 거야?
　　응? 뭐라고?

의문이긴 한데 정도가 약할 때는 물음표 대신 마침표를 쓸 수 있을까요? 네, 글쓴이가 원하는 대로 마침표를 써도 돼요. 그럼, 제목이나 표어에 물음표를 써도 될까요? 네, 이때도 글쓴이가 원하는 대로 물음표를 쓸지, 안 쓸지 선택할 수 있어요.

　　인생의 목표는 과연 무엇일까.　(의문의 정도가 약한 의문문)
　　역사란 무엇인가　　　　　　 (의문문 형식의 제목)

물음표는 꼭 어구의 끝에만 쓰는 것이 아니라, 모르거나 불확실한 내용임을 나타낼 때도 써요.

노자(?~?)는 중국 춘추 시대의 사상가이다.

조선 시대의 시인 강백(1690?~1777?)의 자는 자청이고, 호는
우곡이다.

여기서 (?~?)은 괄호 안에 들어갈 내용, 즉 인물이 태어난 해와
죽은 해를 알 수 없음을 나타낸 거예요. (1690?~1777?)처럼 숫자
뒤에 물음표를 붙인 것은 인물이 태어난 해와 죽은 해를 추정할 수
있기는 한데 불확실함을 나타낸 거지요.

물음표는 특정한 어구의 내용에 대하여 의심이나 빈정거림 등을
표시할 때, 또는 적절한 말을 쓰기 어려울 때 소괄호 안에 쓸 수도
있어요.

인류의 시작점은 아프리카(?)라고 들은 것 같다.

(의심을 표시할 때)

자책골을 넣다니, 정말 훌륭한(?) 선수로군.

(빈정거림을 표시할 때)

우리 집 강아지는 수다쟁이(?)예요.

(적절한 말을 쓰기 어려울 때)

왠지 인터넷 용어일 것 같은 이러한 표현도 원칙에 맞는 표기랍니다. 의심스러움, 빈정거림 등의 감정 상태는 표현할 적절한 말이 없거나, 표현을 하더라도 구구절절 쓰게 되는 경우가 많죠. 이때 해당 어구 뒤의 소괄호 안에 물음표를 씀으로써 그러한 감정 상태를 간편하게 표현할 수 있다는 것을 기억해 두세요.

○ 느낌표(!)

느낌표는 감탄문이나 감탄사의 끝에 써요. 또, 다른 사람을 부를 때나 감정을 넣어 대답할 때도 자주 쓰여요. 급하게 부른다든지, 활기차게 대답한다든지, 강하게 부정한다든지 할 때의 감정을 느낌표로 나타낼 수 있어요.

어머! 이거 정말 큰일 났네!   (감탄사, 감탄문)

할머니! 여기 좀 보세요.   (다른 사람을 부를 때)

네, 선생님!   (감정을 넣은 대답)

아니요! 절대로 그렇지 않습니다.   (감정을 넣은 대답)

감탄의 정도가 약할 때는 느낌표 대신 쉼표나 마침표를 쓸 수 있어요. 제목이나 표어에서도 글쓴이가 느낌표의 사용 여부를 선택할 수 있고요. 이와 같은 사용법은 물음표의 경우와 비슷하지요?

> 날씨가 참 좋구나.　　　(감탄의 정도가 약한 감탄문)
> 어, 벌써 끝났네.　　　(감탄의 정도가 약한 감탄사)
> 새들도 세상을 뜨는구나　(감탄문 형식의 제목)

느낌표는 특별히 강한 느낌을 나타내는 어구나 평서문, 명령문, 청유문에도 써요. '정말 재밌다.'에 비해 '정말 재밌다!'는 화자의 느낌이 더 강하게 전달되지요.

> 이야, 정말 재밌다!　　(강한 느낌을 나타낼 때)
> 열심히 공부하자!　　　(의지를 나타낼 때)

느낌표는 또 물음의 말로 놀람이나 항의의 뜻을 나타낼 때도 쓴답니다.

> 이게 누구야!　　　　(놀람을 나타낼 때)

내가 뭘 잘못했어!   (항의하는 뜻을 나타낼 때)

우리 얼마 만에 만난 거야!   (반가움을 나타낼 때)

이렇게 게을러서야 되겠어!   (꾸중하는 뜻을 나타낼 때)

　이렇게 형식은 의문문이지만 대답을 요구하는 것이 아니라 놀람, 항의, 반가움, 꾸중 등의 강한 감정 상태를 표현하는 문장에는 물음표 대신 느낌표를 쓸 수 있어요.

　감탄문에는 느낌표를 쓰는 것이 원칙이지만 사용법을 자세히 들여다보면 감탄문에 마침표를 쓸 수도 있고, 의문문에 느낌표를 쓸 수도 있어요. 이렇게 보면 문장 부호는 문장의 형식보다는 오히려 글쓴이가 나타내려는 뜻에 맞게 쓰는 것이 더 좋은 활용법이 될 수 있답니다.

✏️ 쉼표의 쓰임은 의외로 다양해요.

쉼표는 생각보다 다양하게 쓰이는 부호예요. 표준국어대사전에서 '쉼표'를 검색하면 10가지 이상이나 되는 쉼표의 쓰임을 확인할 수 있어요. 물론 '한글 맞춤법' 부록에서 이 쓰임을 자세히 설명하고 있고요.

여기서는 쉼표의 쓰임을 몇 가지로 나누어서 알아볼게요.

○ 같은 자격의 단어나 어구를 연결할 때

쉼표는 같은 자격의 단어나 어구를 열거할 때 씁니다. 짝을 지어 구별할 때, 이웃하는 수를 개략적으로 나타낼 때도 써요. 그런데 만약 쉼표 없이도 열거되는 사항임이 쉽게 드러날 때는 쓰지 않을 수도 있어요.

참외, 수박, 포도는 여름 과일이다.

사과를 고를 때는 색이 균일한지, 꼭지가 싱싱한지, 껍질이 탄력 있는지 살펴보아야 한다.

닭과 지네, 개와 고양이는 상극이다.

유치원은 5, 6, 7세의 어린이를 위한 시설이다.

언니 동생 모두 학교에 갔다.

쉼표는 같은 말이 되풀이되는 것을 피하기 위하여 일정한 부분을 줄여서 열거할 때도 써요. 반복되는 부분 대신 쉼표를 쓰면 문장이 간결해진답니다.

주중에는 공원에서, 주말에는 강변에서 달리기를 했다.

사람은 음식물을 섭취, 소화, 배설하면서 살아간다.

○ 단어의 경계를 분명하게 나타낼 때

쉼표는 열거의 순서를 나타내는 어구 다음에도 쓰고, 부르거나 대답하는 말 뒤에도 씁니다. 이런 말들은 쉼표로 구분해 주는 것이 적절해요.

첫째, 마음이 편해야 한다.

먼저, 몸이 튼튼해야 한다.

다음으로, 서로를 배려해야 한다.

지민아, 이리 좀 와 봐.

네, 지금 갈게요.

그렇다면 '그리고', '그러나' 같은 접속 부사 다음에도 쉼표를 써야
할까요? 이때는 쉼표를 쓰지 않는 것이 자연스럽지만, 필요하다고
판단된다면 써도 됩니다.

나는 고양이를 좋아한다. 그렇지만(,) 알레르기 때문에 키울 수
가 없다.

○ 문장의 구조를 분명하게 나타낼 때

쉼표가 있으면 문장을 끊어서 읽게 되므로, 특정한 부분에 쉼표를
넣으면 문장의 구조를 분명하게 밝힐 수 있어요.

우선 쉼표는 문장의 연결 관계를 분명히 하고자 할 때 절과 절 사
이에 써요.

콩 심은 데 콩 나고, 팥 심은 데 팥 난다.

'로서'는 '지위나 자격'을 나타내며, '로써'는 '수단이나 도구' 등을

나타낸다.

만약 하나의 문장 안에서 앞말을 '곧', '다시 말해' 등과 같은 어구

로 다시 설명했다면 앞말 다음에 쉼표를 넣어 줘요.

인도 사람들은 강황을 주재료로 만든 향신료, 즉 카레를 많이

먹는다.

이구아나는 바깥 온도에 따라 체온이 변하는 동물, 곧 변온 동물

이므로 볕을 쬐어 몸을 따뜻하게 한다.

'곧', '다시 말해'를 빼고 쉼표만으로 이런 효과를 나타낼 수도 있

어요. 한 문장에 같은 의미의 어구가 반복될 때 앞에 오는 어구 다음

에 쉼표를 쓰는 거죠.

우리는 자존심, 남에게 굽히지 아니하고 자신의 품위를 스스로 지

키는 마음을 가져야 한다.

쉼표는 도치문에서 도치된 어구들 사이에도 써요. 도치문이란 정

상적인 어순을 뒤바꾸어 놓은 문장을 말해요. 흔히 내용을 강조하기 위해서 사용하죠. 예를 들어 '보고 싶어요, 나의 고향이.'와 같은 문장이 있을 때 서술어 뒤에 쉼표가 없다면 문장이 어색하게 느껴지겠죠?

콜라를, 아이가 마시고 있었다.
꼭 이루고 말 거야, 내가 바라던 꿈을.

위 문장들에서는 도치된 어구를 쉼표가 특별히 구분하여 드러내는 역할을 해요.

쉼표는 또 문장의 의미를 잘못 해석하는 것을 방지해 주기도 해요. 바로 다음 말과 직접적인 관계에 있지 않음을 나타낼 때 쉼표를 쓰는 것은 쉼표가 이러한 역할을 하기 때문이에요.

키가 큰, 친구의 언니가 왔다.
준우는, 울면서 떠나는 어머니를 배웅했다.

이어져 나오는 두 말은 직접적인 관계를 맺는 것이 일반적인데 간혹 그렇지 않을 때가 있어요. 만약 쉼표를 넣지 않고 '키가 큰 친구의 언니'라고 쓴다면 키가 큰 사람이 '친구'인지 '친구의 언니'인지 정확히 알기가 어려워요. '키가 큰, 친구의 언니'와 같이 쉼표를 넣으면 '친구의 언니'가 키가 큰 사람이라는 점을 분명하게 드러낼 수 있어요.

두 번째 문장에서도 '준우는' 다음에 쉼표가 없다면 준우가 운다는 뜻으로 해석될 수 있어요. 이렇게 잘못 해석되는 것을 방지하기 위하여 쉼표를 써 주는 거예요.

어떤 경우에는 문장을 쓰는 중간에 새로운 어구를 끼워 넣기도 해요. 앞말에 대한 부가 설명을 해 주거나 예를 들기 위해 어구를 삽입하는 거예요. 이런 어구를 문장 안의 다른 어구들과 구분하기 위해 해당 어구의 앞뒤에 쉼표를 넣어요. 이때는 쉼표 대신 줄표(-)를 쓸 수도 있어요.

그는 웃는 얼굴로, 어떻게든 실수를 만회하기 위해, 사람들에게 인사했다.

그토록 열심히 준비하던 나는, 다시 생각해도 부끄럽지만, 결국 포기하고 말았다.

아주머니는 잡화점—양말이나 우산 등을 파는 가게—을 운영하고 있었다.

○ 내용을 강조할 때

문장 앞부분에 제시어나 주제어를 썼을 때 그 뒤에도 쉼표를 붙여요. 이럴 때 쉼표는 앞부분의 내용을 강조하면서 잠시 휴지를 두어 읽게 하는 역할을 해요.

금연, 건강의 시작입니다.

자유, 자유가 나에게는 가장 소중하다.

우리가 함께한다는 것, 그것만으로도 나는 행복해.

쉼표는 특별한 효과를 위해 끊어 읽는 곳을 나타낼 때도 쓸 수 있어요.

이 일은 우리만이, 해낼 수 있습니다.

그들에게는 분명히, 목적지가 있었다.

'우리만이'나 '분명히'는 일반적으로 끊어 읽지 않아도 되고, 따라서 쉼표를 쓰지 않아도 되는 어구예요. 하지만 끊어 읽음으로써 두드러지게 강조하려는 의도로 이렇게 쉼표를 쓸 수 있답니다.

이렇게 쉼표는 단어나 어구를 연결해 주기도 하고, 끊어 읽는 곳을 표시해 주기도 하고, 내용을 강조해 주기도 해요. 쉼표를 적재적소에 잘 활용하여 더 쉽고, 뜻이 분명한 글을 써 보도록 해요.

✎ 큰따옴표와 작은따옴표는 구분해서 써야죠.

큰따옴표(" ")는 글 가운데에서 직접 대화를 표시할 때 써요. 소설이나 수필과 같은 서사 형식의 글에서는 중간에 나오는 대화문에 큰따옴표를 쓰지요. 그러나 희곡처럼 전체가 대사로 이루어진 글에서는 큰따옴표를 쓰지 않아요.

"오늘은 날씨가 아주 따뜻해요."
"네, 저기 꽃도 활짝 피었어요."

마음속으로 한 말을 적을 때는 작은따옴표(' ')를 써요.

나는 '너무 늦었나 보군.' 하고 생각하였다.

큰따옴표는 말이나 글을 직접 인용할 때도 써요. 직접 인용한 내용이 말이 아니라 글이라도, 문장 형식이 아니라도 큰따옴표를 쓰는 것이 바른 표기랍니다.

사회자가 "지금부터 토론을 시작하겠습니다."라고 말했다.

파란 하늘을 바라보며 "죽는 날까지 하늘을 우러러 한 점 부끄럼이 없기를"이라는 시구를 떠올렸다.

푯말에는 "잔디 보호"라고 쓰여 있었다.

작은따옴표(' ')는 인용한 말 안에 있는 인용한 말을 나타낼 때 써요.

그는 "여러분! '비 온 뒤에 땅이 굳어진다.'라는 말 들어 보셨죠?"라고 말하며 강연을 시작했다.

그리고 문장 내용 중에서 주의가 미쳐야 할 곳이나 중요한 부분을 특별히 드러내 보일 때에도 작은따옴표를 쓸 수 있어요.

한글의 본디 이름은 '훈민정음'이다.

지금 필요한 것은 '경쟁'이 아니라 '협력'입니다.

흔히 인용한 말을 적을 때 작은따옴표를 많이 사용하는데, 원칙적으로는 큰따옴표를 쓰는 것이 바른 표기임을 기억해 두세요. 그리고 중요한 부분을 특별히 드러내 보일 때는 드러냄표(˙)와 밑줄(_)을 활용할 수도 있다는 점을 알아 두시면 좋아요.

☆ 알아 두면 좋은 그 밖의 문장 부호

문장 부호	규정	용례
가운뎃점 (•)	열거할 어구들을 일정한 기준으로 묶어서 나타낼 때 쓴다.	시의 종류는 내용에 따라 서정시 · 서사시 · 극시, 형식에 따라 자유시 · 정형시 · 산문시로 나눌 수 있다.
	짝을 이루는 어구들 사이에 쓴다.	곤충의 몸은 머리 · 가슴 · 배로 구분할 수 있다.
	공통 성분을 줄여서 하나의 어구로 묶을 때 쓴다.	초 · 중 · 고등학교
쌍점 (:)	표제 다음에 해당 항목을 들거나 설명을 붙일 때 쓴다.	문장 부호: 마침표, 물음표, 느낌표, 쉼표 등
	희곡 등에서 대화 내용을 제시할 때 말하는 이와 말한 내용 사이에 쓴다.	로미오: (정원에서) 안녕히! 내 사랑. 줄리엣: 우리가 다시 만날 수 있을까요?
	시와 분, 장과 절 등을 구별할 때 쓴다.	오전 10:20(오전 10시 20분) 두시언해 6:15(두시언해 제6권 제15장)
	의존 명사 '대'가 쓰일 자리에 쓴다.	한국과 미국은 0:0으로 팽팽히 맞서고 있다.

문장 부호	규정	용례
빗금 (/)	대비되는 두 개 이상의 어구를 묶어 나타낼 때 그 사이에 쓴다.	남반구/북반구 반짝이다/반짝거리다/반짝반짝하다
	기준 단위당 수량을 표시할 때 해당 수량과 기준 단위 사이에 쓴다.	100미터/초 1,000원/개
	시의 행이 바뀌는 부분임을 나타낼 때 쓴다.	산에 / 산에 / 피는 꽃은 / 저만치 혼자서 피어 있네
소괄호 (( ))	주석이나 보충적인 내용을 덧붙일 때 쓴다.	훈민정음은 창제된 해(1443년)와 반포된 해(1446년)가 다르다.
	우리말 표기와 원어 표기를 아울러 보일 때 쓴다.	기호(嗜好), 자세(姿勢) 커피(coffee)
	생략할 수 있는 요소임을 나타낼 때 쓴다.	광개토(대)왕은 고구려의 전성기를 이끌었던 임금이다.
	희곡 등 대화를 적은 글에서 동작이나 분위기, 상태를 드러낼 때 쓴다.	교수: 됐어, 됐어. (크게 하품을 하며) 아이, 피곤해.
대괄호 ([ ])	괄호 안에 또 괄호를 쓸 필요가 있을 때 바깥쪽의 괄호로 쓴다.	시험 기간[5. 13.(화)~5. 16.(금)]에는 도서관을 24시간 개방합니다.
	고유어에 대응하는 한자어를 함께 보일 때 쓴다.	나이[年歲] 자유 무역 협정[FTA] / 에프티에이(FTA)

문장 부호	규정	용례
줄표 (—)	제목 다음에 표시하는 부제의 앞뒤에 쓴다. 다만, 뒤에 오는 줄표는 생략할 수 있다. (줄표의 앞뒤는 띄어 쓰는 것을 원칙으로 하되, 붙여 쓰는 것을 허용한다.)	이 책의 제목은 '글다듬기의 기술 — 내가 하는 교정·교열 —'이다.
붙임표 (-)	차례대로 이어지는 내용을 하나로 묶어 열거할 때 각 어구 사이에 쓴다.	이 글은 기-승-전-결의 구조로 되어 있다.
	두 개 이상의 어구가 밀접한 관련이 있음을 나타내고자 할 때 쓴다.	원-달러 환율
물결표 (~)	기간이나 거리 또는 범위를 나타낼 때 쓴다. (물결표 대신 붙임표를 쓸 수 있다.)	2월 6일~2월 14일 (시험 범위는 90-200쪽입니다.)
줄임표 (……)	할 말을 줄였을 때 쓴다.	"미안해. 내가 너무……."
	말이 없음을 나타낼 때 쓴다.	"왜 이렇게 늦었니?" "……."
	문장이나 글의 일부를 생략할 때 쓴다.	줄임표는 가운데에 여섯 점을 찍는 것이 원칙이나 아래에 여섯 점을 찍는 것도 허용된다. …… 점은 여섯 점을 찍는 대신 세 점을 찍을 수도 있다.

☺

♡ 마치는 글

    마지막까지 읽어 주셔서 감사합니다. 글을 다듬을 때 도움이 되는 내용을 쉽게 알려드리고 싶었던 제 의도가 전달이 잘 되었을지 궁금합니다.

    어릴 땐 책 만드는 일을 하는 게 꿈이었어요. 물론 그게 교과서가 될 줄은 몰랐지만요.

    교과서는 교육을 목적으로 여러 사람이 오랜 시간 공들여 만드는 책이에요. 그래서 만들 때는 그렇게나 힘들었는데 만들고 나면 그만큼 또 뿌듯함이 남달랐죠.

    회사에 소속된 편집자로 일할 때는 닥친 일을 처리하느라 급급해서 맞춤법이나 고쳐쓰기에 관한 내용을 세세하게 따로 정리해 놓지는 못했어요. 그러다 프리랜서로 일하게 되면서 정리의 필요성을 느끼게 되었지요.

    처음에는 공부하는 기분으로, 자료로 기록해 두면 좋겠다는 생각에 '틀리기 쉬운 맞춤법'에 관한 글을 블로그에 쓰기 시작했어요.

그렇게 써 나가다 보니 '아, 이런 내용을 사람들이 많이 궁금해하고, 적극적으로 찾아보기도 하는구나. 내가 글로 써 놓은 걸 모으면 책으로 낼 수도 있겠구나.' 하는 생각을 하게 되었답니다.

제 생각을 책이라는 형태로 구현하는 데 결정적인 역할을 해 주신 비랩(B-lab)과 21세기 여성에 감사드립니다. 그리고 여러 방면으로 도움을 주시고 힘을 내도록 북돋워 주신 모든 분께 감사드립니다.

제 글을 읽고 글다듬기에 좀 더 자신감이 생기셨기를 바랍니다.

2020년 어느 가을날, 글쓴이 김혜원 올림

글다듬기의 기술

내가 하는 교정·교열

초판 1쇄 발행: 2020년 9월 23일

2쇄 발행: 2021년 7월 8일

글쓴이: 김혜원

그림·편집디자인: 김영미

도움 주신 분: 서선생님, 이현석, 백태현

펴낸 이: 김영미

펴낸 곳: 21세기 여성 - 독립출판사

이메일: femme21c@naver.com

인스타그램: @edit44you, @21c_woman

ISBN 979-11-967046-2-9

21세기
여성
독립출판사
write yourself